AF362683

INSTITUT DE FRANCE.

ACADÉMIE FRANÇAISE

DISCOURS

PRONONCÉS DANS LA SÉANCE PUBLIQUE

TENUE

PAR L'ACADÉMIE FRANÇAISE

POUR LA RÉCEPTION

DE M. GRÉARD

Le jeudi 19 janvier 1888

PARIS

TYPOGRAPHIE DE FIRMIN-DIDOT ET Cⁱᵉ

IMPRIMEURS DE L'INSTITUT DE FRANCE, RUE JACOB, 56

M DCCC LXXXVIII

INSTITUT DE FRANCE.

ACADÉMIE FRANÇAISE.

M. Gréard, ayant été élu par l'Académie française à la place vacante par la mort de M. le comte DE Falloux, y est venu prendre séance le jeudi 19 janvier 1888, et a prononcé le discours suivant :

Messieurs,

La science de l'éducation n'est pas une science nouvelle dans un pays qui compte parmi ses maîtres Rollin, Fénelon et J.-J. Rousseau. Mais jamais elle n'a été mise par les préoccupations de l'esprit public en si haut rang, jamais elle ne fut plus nécessaire. Vous lui donnez aujourd'hui la consécration de votre autorité. De ce suprême honneur je ne veux retenir pour moi qu'un encouragement à continuer de la servir.

À la reconnaissance qui me pénètre s'ajoute en ce moment une autre émotion : l'inquiétude du grave et délicat devoir que vos bienveillants suffrages m'ont imposé. J'ai besoin de me souvenir de l'esprit qui vous anime. « Vous êtes, disait un de vos anciens, une galerie de quarante portraits que par malheur il faut remplacer tour à tour; chaque fois que vous en perdez un, vous mettez tous vos soins à n'en pas acquérir la copie : plus il vous était cher, plus il vous donnait d'orgueil, moins vous cherchez qui lui ressemble. » A ceux qui se succèdent ainsi devant vous à des titres si différents, vous ne demandez ici que l'intelligence de l'œuvre qu'ils ont à replacer sous vos yeux, le respect du caractère et du talent. C'est dans ce sentiment, Messieurs, que j'essaierai de rendre un sincère hommage à l'illustre confrère que vous avez perdu.

« Je ne puis me reporter à mes premières années », écrit M. le comte de Falloux dans ses *Mémoires*, « sans y reconnaître la source des inspirations de toute mon existence. » L'Anjou, et particulièrement le pays de Segré, où il avait vu le jour en 1811, était demeuré l'un des plus ardents foyers des traditions monarchiques. M. de Falloux naquit royaliste. La foi politique et religieuse à laquelle il devait se vouer l'enveloppa dès le berceau. Parmi ses impressions les plus lointaines, il retrouve les histoires chevaleresques des chouans dont on entretenait son enfance; il voit, à la fête du curé, les paysans s'assembler en armes, boire une barrique de cidre à la santé les uns des autres et terminer la réjouissance au cri de : « Vive le roi! » Son grand-père, maître de camp de cavalerie, exerçait un commandement à Cherbourg, où le duc de La Rochefoucauld avait voulu ménager une retraite à Louis XVI; sa grand'mère, sous-gouvernante des enfants de France, était aux côtés de la reine, dans les journées du 20 juin et du 10 août; sa mère avait été élevée au château de Versailles; son père avait émigré à quatorze ans. Autour de lui on vivait de ces souvenirs, la seule richesse de la famille, sans que personne eût l'idée d'en tirer avantage. M. de Falloux le rappelle avec une fierté qui est un des traits de son caractère : « Ma jeunesse s'est passée entre des personnes ayant été à la cour, mais pour lui offrir tous les genres de sacrifice. »

C'est au collège d'Angers qu'il commença ses études. Il annonçait un goût très vif pour les lettres. Certaines homélies qui l'avaient ému lui firent croire à une vocation religieuse. Il se mit à composer des sermons; et un jour, revêtu d'une chasuble qu'il s'était taillée dans un châle de sa mère, il prêcha devant un auditoire composé de quelques camarades qu'il avait réunis et de parents qui n'étaient pas invités : tous les Quatrebarbes, oncle, tante, grand-père et grand'mère, qui, au moment de la péroraison, sortirent, à la grande confusion de l'orateur, des armoires où ils s'étaient cachés. Les applaudissements ne lui manquèrent point. Mais ce n'était pas le compte de son père qui, ayant entendu Mirabeau à Versailles et Pitt à Londres, rêvait de gloire parlementaire. Le jeune sermonnaire fut envoyé à Paris, au collège Bourbon. Là, les premiers prix d'Angers se transformèrent en simples accessits. M. de Falloux n'en accuse que lui-même; l'effort n'eut jamais d'attrait pour lui, il le confesse avec une bonne grâce charmante : le plaisir de s'abandonner au courant des choses l'entraînait. Il lui arriva même de faire l'école buissonnière pour aller rendre visite à Talma chez lui ou dans les coulisses du Théâtre-Français. Il ne paraît pas d'ailleurs avoir conservé un mauvais souvenir des années passées sous la tutelle de l'Université, et l'on peut croire que le contact prolongé avec une jeunesse ardente, très discoureuse, ne fut pas sans effet sur le tour libéral de ses idées.

Dès ce moment avait commencé pour lui la seconde éducation toujours plus efficace que la première chez les hommes d'élite, celle qu'on se donne à soi-même et qui décide de la direction de l'esprit. Pour un jeune homme de son âge, Paris offrait bien des séductions ; mais, comme il l'a dit souvent, Paris n'a jamais pénétré en lui plus loin que l'épiderme. Ce qu'il en aimait à cette époque, on peut presque dire ce qu'il en connaissait, — tant le reste lui semble étranger, — ce sont les sociétés où l'avaient introduit les amis de sa famille et le Théâtre-Français. Un héritage survenu au cours de ses études lui permettait de tenir son rang. Dans les salons du marquis de Castellane fréquenté par Montlosier et l'abbé de Pradt, à l'hôtel Crussol dont la duchesse d'Uzès faisait les honneurs à l'émigration, les incidents des Chambres mêlés aux souvenirs de l'ancien régime défrayaient l'entretien. On y traitait aussi les questions littéraires qui, comme la politique, divisaient les esprits : seulement, par un étrange renversement des rôles, c'était l'opposition qui tenait pour les classiques et se montrait conservatrice, tandis que la révolution romantique était non moins résolument patronnée par les jeunes royalistes.

M. de Falloux, en écoutant tout le monde, se faisait sa manière de voir et déjà savait la défendre. Dans les menaces de conflit entre le Parlement et le roi, il soutenait que le dernier mot doit toujours appartenir à la couronne, mais il ne voulait pas que la couronne usât légèrement de ses prérogatives : il répugnait à l'idée de la lutte : politique de centre droit qui trouvait peu de faveur auprès des amis du prince de Polignac. Dans les questions littéraires, il se sentait parfois moins à l'aise. Son cœur, comme son goût, était du côté des classiques. Quand il revenait du Théâtre-Français, il se drapait à la romaine dans les couvertures de son lit et se redonnait à lui-même le spectacle des grandes scènes qu'il venait d'entendre interpréter par Talma. Il lui était difficile de passer de plain-pied dans le camp du romantisme, de sacrifier de gaieté de cœur *Cinna* ou *Britannicus* à *Hernani*. Cependant son royalisme peut-être, par-dessus tout, sans aucun doute, une admiration sincère pour la poésie des *Orientales* avait fini par l'amener à Victor Hugo, et dès qu'il fut converti, suivant la règle ordinaire de ses sentiments, il demeura fidèle. Mais, dans l'ardeur de leurs passions, les défenseurs aveugles du pouvoir souffraient impatiemment que Victor Hugo parût mettre son concours à trop haut prix. « Eh ! que M. Hugo s'en aille, si cela lui convient, s'écria un jour l'un d'eux, nous garderons M. du Chazet. » « M. du Chazet, ajoute M. de Falloux, était un vieillard spirituel dont les petites pièces et les chansons royalistes étaient fort goûtées : je le connaissais personnellement et j'étais sensible à sa bonté pour moi. Néanmoins ce nom, soudainement opposé à celui de Victor Hugo, me causa un soubresaut et une sorte de pressentiment douloureux. » Quelques mois après, le trône s'écroulait.

En fermant brusquement devant lui les horizons de

l'avenir, la révolution de 1830 ne l'avait pas laissé sans
espérance. Le premier moment de trouble passé, il entre-
prit une série de voyages à travers l'Europe, d'Édimbourg à Vienne, de Rome à Moscou. Rendre hommage
à la famille royale exilée, juger par lui-même de ce
qu'on pouvait attendre du duc de Bordeaux, était son
premier objet. A Prague où il se rend d'abord, il tra-
verse la ville sans rien regarder : il ne voit que le Hrad-
schin où la maison de France reçoit l'hospitalité. C'est
un pèlerinage. C'est en même temps une sorte d'appren-
tissage diplomatique. M. de Falloux avait été choisi pour
faire partie de l'école des jeunes attachés d'ambassade
que le prince de Polignac avait fondée près de son ministère.
Condamné par les événements à se promener en touriste,
il ne néglige aucun moyen d'acquérir par lui-même l'éducation qu'il n'avait pas eu le temps de recevoir. Les
spectacles de la nature, les chefs-d'œuvre de l'art ne le
laissent pas indifférent. Le panorama d'Édimbourg lui
arrache des cris d'enthousiasme qui réveillent ses compagnons de route. Il est touché des beautés de Rome « où
des hauteurs du dôme de Saint-Pierre jusqu'aux pro-
fondeurs des catacombes tout est jouissance et enseignement ». Il a l'effusion franche; il ne quitte pas une
ville sans la remercier des souvenirs qu'elle lui laisse;
et il rend compte de ses impressions, sans prétention
littéraire, avec une simplicité aimable. Mais les tableaux
à grands traits, les croquis de paysages, les scènes de
mœurs dont il sème son journal n'en sont que la dis-
traction et la parure. L'effort de son attention est ailleurs. Ce sont les sociétés qu'il étudie, les hommes, et

parmi les hommes, ceux-là surtout qui exercent ou qui
sont appelés à exercer une action sur les destinées de leur
pays. S'il n'avait pas l'accès des cours, son nom, sa personne, la haute distinction de son esprit, non moins que
les lettres de créance dont il s'était muni, lui ouvraient
tous les salons. Ses réflexions témoignent de la saga-
cité avec laquelle il sait démêler les ressorts des âmes
et faire la part de toutes les influences, surtout de l'influence des femmes qu'il juge avec un tact exquis. J'imagine que si, à ce moment, par impossible, le pouvoir lui
fût échu, bien des négociations lui auraient été faciles.
Cependant ce qui le préoccupe, c'est moins peut-être l'avenir dont il ne dispose point que le passé dont le souvenir
lui pèse. Il est toujours sous le coup des fautes de la Restauration ; il s'enquiert des appréciations des étrangers, et il ne
fait pas difficulté de le reconnaître : on s'exprime très sévè-
rement sur les ordonnances de Juillet. A Vienne même,
il ne trouve que dans un salon, celui de la comtesse Bat-
thyani, ce qu'il appelle le pur royalisme à la française, ce
qu'on devait appeler plus tard le royalisme des chevau-
légers. « Je perdis là, écrit-il, une de mes illusions favo-
rites, c'est-à-dire la conviction que les maisons souveraines
étaient chaleureusement légitimistes. »

Il revenait de son voyage d'Angleterre lorsqu'il fut
admis dans l'intimité de Mme Swetchine. Il ne s'y laissa
pas engager du premier coup. Le fonds d'indépendance
que toute sa vie il a conservé envers tout le monde le tint
longtemps en défiance : cette domination sous laquelle il
voyait ceux qui l'avaient une fois acceptée courber hum-
blement la tête l'inquiétait. A peine s'y fut-il prêté à

son tour qu'il subit le charme. Je ne crois pas que personne ait été plus près du cœur de Mme Swetchine. C'est lui qui a reçu son dernier soupir, publié ses lettres et ses pensées; et il n'est pas d'œuvre dont il ait suivi la fortune avec plus de sollicitude. Son amour filial ne l'a-t-il pas quelquefois entraîné? Mme Swetchine avait mérité, ce semble, qu'on fît un choix dans ses papiers, et qu'on laissât sous le voile où elle s'enveloppait tout ce qu'elle avait voulu retenir d'elle-même. « La piété solide est discrète, » disait-elle sagement. Une conscience délicate et habituée à se recueillir peut indéfiniment se repaître de ses extases : c'est toute la vie des cénobites. On ne se maintient pas longtemps avec intérêt pour les autres à ce ton de sublimité. Les sentiments les plus élevés ou les plus touchants ne sauraient se passer pour plaire d'un peu de détente et de variété. Lirait-on Mme de Sévigné, si à ces chères radoteries sur sa fille elle ne mêlait sans cesse des nouvelles de la cour et de la ville, toute sorte de jugements exquis, même de propos sans conséquence? Il y a d'ailleurs trop souvent chez Mme Swetchine un raffinement de spiritualité qui embarrasse. Mme de Sévigné aurait demandé qu'on lui épaissît tout cela, et je doute que le grand sens de Mme de Maintenon, si vite averti par les égarements de Mme Guyon des dangers de la doctrine du pur amour, eût encouragé les agapes mystérieuses qui réunissaient à minuit, dans la chapelle voisine du salon, les fidèles de la maison.

Mais si Mme Swetchine avait trop gardé le souvenir des pratiques de l'Orient, si trop souvent elle se laisse ravir à des coups d'aile qui l'emportent dans les nuages,

quelle solidité de raison chaque fois qu'elle est ramenée
sur terre par les conseils que ses amis lui demandent! Elle
a la note juste pour toutes les situations, le mot libérateur
pour tous les cas de conscience. Dans la petite société
d'élite qui se presse autour d'elle comme autour d'une
mère, Montalembert, Lacordaire, de Tocqueville, — je
ne parle que de ceux qui ne sont plus, — on se dispute
sa clairvoyante tendresse. Dès qu'il eût pris sa place,
M. de Falloux se sentit contristé comme les autres, quand
la porte s'ouvrait pour de nouveaux venus. Chacun voulait l'avoir à soi et elle n'interdisait à personne de croire
qu'il était le préféré, l'unique. Pour tous elle est le frein
et l'aiguillon, l'aiguillon surtout. Ce qui achève la vertu à
ses yeux, c'est l'action. Son salon, dit M. de Falloux, était
un foyer chrétien; et de ce foyer sortirent la plupart des
œuvres de propagande religieuse, qui, sous la direction
du P. Lacordaire et du P. de Ravignan, de Frédéric
Ozanam et d'Armand de Melun, se sont multipliées pendant les dernières années du gouvernement de Juillet, les
unes tournées vers les plus hautes régions de la société
parisienne, les autres appropriées aux classes populaires.
M. de Falloux s'engagea dans la milice des jeunes mis-
sionnaires qui se partageaient les faubourgs : chaque semaine, il allait, du banc d'œuvre des paroisses, évangéliser
les ouvriers, en leur racontant la vie des saints ; et c'est à
Mme Swetchine, à l'ardeur de la vie morale qui rayonnait
en elle qu'il rapportait le succès comme l'inspiration de sa
parole. Sans M. de Falloux, on n'aurait pas connu peut-
être, certainement on connaîtrait moins bien Mme Swetchine; sans Mme Swetchine, il semble que M. de Falloux

n'aurait pas pris complètement possession de lui-même. C'est elle, il le déclare, qui le fit entrer dans la vie sérieusement chrétienne.

Sa conception politique dès cette époque, — il avait vingt-sept ans, — commence à se traduire avec autorité. Autour de lui, il voyait ses maîtres et ses émules s'enfermer chacun de son côté dans les voies qu'ils s'étaient tracées. Berryer, « qui eût été le succès et la grandeur de la royauté, si, dans ses impénétrables décrets, Dieu n'eût condamné la royauté elle-même à un funeste aveuglement ». Berryer semblait n'avoir à cœur que le rétablissement de la monarchie légitime : il y subordonnait tout le reste, comptant sans doute que, la légitimité rétablie, tout le reste suivrait. Montalembert, exclusivement préoccupé de l'intérêt religieux, ne trouvait que péril à l'identifier avec l'intérêt politique. Entre « ces deux lignes isolées », M. de Falloux se proposait de travailler à « mettre le trait d'union »; et pour mieux fixer ses idées, il résolut d'entreprendre deux ouvrages qui fussent comme une manifestation de ses principes de gouvernement. Telle est l'origine de *Louis XVI* et de l'*Histoire de saint Pie V*.

Louis XVI était resté, dans ses souvenirs d'enfance, « le type le plus injustement méconnu du gouvernement qui avait porté la France si haut »; dans les impressions de sa jeunesse, il le revoyait, sous l'image du dernier roi légitime, comme une victime des fautes d'imprudents conseillers. Ce furent les deux motifs qui déterminèrent son choix. Pour traiter le sujet, il s'imposa un labeur dont jusque-là il n'avait ni senti le goût, ni fait l'expérience : il compulsa méthodiquement, la plume à la main, tous les Mémoires sur l'histoire de France, de Villehardouin à Mirabeau, afin de se rendre compte siècle par siècle du travail de la monarchie. Cependant le livre est moins une étude de critique et d'histoire qu'une œuvre de sentiment. M. de Falloux ne méconnaît aucune des faiblesses de Louis XVI, il n'excuse ni la disgrâce de Turgot, ni l'exil de Necker ; mais il est plus touché des vertus du roi qu'ému de ses fautes. « Ce qui lui manqua, dit-il, ce fut le concours des grands corps de la nation. » Plus tard, dans ses *Mémoires,* se jugeant lui-même, il écrira que, s'il avait conçu son livre à la fin de sa carrière, « il aurait fait ressortir davantage que ce fut la longue désuétude des États généraux qui créa le danger de 1789, il aurait davantage insisté sur l'aveuglement prolongé et conséquemment sur la responsabilité des classes privilégiées ». Il croit du moins pouvoir se rendre cette justice qu'en honorant le roi comme un modèle, en le pleurant comme un martyr, il n'a pas consacré une ligne à l'apologie du pouvoir absolu et que partout il prend parti pour la liberté sagement réglée. Ce sont ses conclusions. Elles renfermaient à la fois un hommage et une leçon : un hommage au principe monarchique, une leçon à l'adresse de ceux qui l'avaient compromis.

Louis XVI était une satisfaction donnée à sa foi politique ; l'*Histoire de saint Pie V* fut le tribut payé à ses convictions religieuses. Le P. Lacordaire, qui venait de publier son mémoire pour le rétablissement des frères prêcheurs, lui avait indiqué trois vieilles biographies de saints qu'il croyait dignes d'être rajeunies par sa plume.

M. de Falloux préféra la vie du Pape, ancien frère prê-
cheur aussi, qui avait consacré les décrets du Concile de
Trente, repoussé par le bras du vainqueur de Lépante
les menaces de l'Islamisme et entrepris de rétablir, avec
l'épée de Philippe II, l'unité de la catholicité. Mais avant
de monter sur la chaire de saint Pierre, Ghislieri avait
été commissaire général du saint office. Il est aujour-
d'hui en France des questions qui ne se discutent plus :
c'est l'honneur de la conscience humaine. M. de Falloux se borne à justifier historiquement ce que la morale publique ne lui permettait pas d'absoudre. Dans les
œuvres de l'Inquisition il voit un acte de préservation
sociale accomplie par l'Église au nom et dans l'intérêt des
peuples, qui, incapables de se protéger eux-mêmes,
s'étaient placés sous sa tutelle. A cette explication on est
heureux d'opposer le jugement que, vingt-cinq ans après,
M. de Falloux portait sur la lutte ouverte entre l'Évangile
et le Coran : « La conciliation restera longtemps encore
une espérance voisine de la chimère; grâce à Dieu, l'exter-
mination est devenue une barbarie impossible. » Mais ce
n'était point la chimère de cette pacifique conquête qu'il
caressait en retraçant les actes du pontificat de Pie V.
« Que la France et Rome renouent leur antique alliance,
disait-il; jamais elle n'a été plus nécessaire à la marche du
monde. » Et il conviait la fille aînée de l'Église à prêcher la
Croisade sous l'égide de la papauté.

L'ardeur de ces opinions soutenues avec éclat plaçait
M. de Falloux, dans son parti, au premier rang des mili-
tants. En 1846, les portes de la Chambre des députés
lui furent ouvertes par l'arrondissement de Segré. En

même temps que des idées affermies par l'étude, il y apportait les ressources d'un esprit politique que la pratique de la vie parlementaire allait porter rapidement à la perfection. La session de 1847 ne lui avait guère laissé que le temps de signaler l'élévation et le sens pratique de son intelligence. Il entra à l'Assemblée de 1848 en maître exercé et déjà sûr de lui. Le suffrage universel avait réuni dans la même enceinte les membres des deux anciennes Chambres, et plus d'une fois la discussion rapprocha M. de Falloux de M. de Montalembert. Ils défendaient les mêmes causes avec le même zèle; mais dans le caractère de leur éloquence et de leur action, quel contraste! M. de Montalembert s'élançait à la tribune comme à l'assaut, l'œil en feu, le front chargé de passion, la tête rejetée en arrière, la poitrine découverte, attendant et provoquant la lutte; d'un bond il s'élevait à son sujet : sa voix nette, fière, retentissante, semblait monter au fur et à mesure qu'elle se déployait; l'indignation, non point une indignation d'école et de métier, une indignation sincère, profonde, le transportait, et l'éloquence coulait de ses lèvres brûlante comme la lave. Mais tandis qu'il s'abandonnait aux mouvements de son âme, irrité par les interruptions, enflammé par les applaudissements et comme enivré lui-même par la magnificence de sa parole, il franchissait toutes les bornes, frappait ses amis en même temps que ses adversaires, se livrait; et plus d'une fois sans doute, alors qu'il regagnait son banc au milieu d'une assemblée frémissante, il dut se demander si son triomphe avait servi sa cause autant qu'il l'honorait. M. de Falloux se présentait, les yeux à demi clos, impassible, dans une sorte de recueillement.

Sa voix harmonieuse et douce de la douceur angevine, son geste élégant et sobre pacifiaient les esprits. Également préparé à se réserver ou à tout dire, aucun incident ne troublait son sang-froid : se redressant sous le coup d'une interpellation injurieuse, il la repoussait avec une hauteur qui coupait court à la réplique; en face du péril, allant jusqu'au bout de sa pensée, il la gravait dans une formule tranchante : certaines de ses réponses sont entrées dans l'histoire, et c'est à l'histoire aussi qu'appartiennent les actes d'énergie dont il soutenait ses résolutions. Mais jusque dans les emportements qu'il se permet, on sent le calme d'un esprit qui se possède. Il ramenait, il réglait, il sauvait les discussions. C'était un tacticien consommé. Ainsi le vit-on, dans le débat de l'article de la Constitution sur la liberté d'enseignement, opérer une savante retraite et dégager son compagnon d'armes dont la fougueuse intempérance avait failli tout perdre. Cette force contenue qui dès l'abord avait assuré son autorité dans l'Assemblée lui donnait dans les délibérations plus intimes un ascendant sans égal. « Qui n'a pas vu M. de Falloux discuter autour d'une table, disait M. de Tocqueville, ne sait pas ce qu'est la puissance d'un homme. » Au témoignage de ceux qui l'ont suivi de près, il savait admirablement écouter : son tour venu, il reprenait les arguments, les analysait, les pressait, insinuant, caressant, passant par toutes les portes sans en forcer aucune, très sensible au bien joué et semblant parfois se laisser battre, puis rentrant dans ses positions par un détour inattendu, tenant ceux qui croyaient le tenir, et leur faisant sentir la pointe pénétrante de sa parole, mais sachant se contenter d'un demi-succès et satisfait d'avoir préparé le lendemain : avec cela, nul souci de lui-même, aucune préoccupation de vanité personnelle, n'ayant jamais en vue dans les petites choses comme dans les grandes que l'idée qu'il défendait : « M. de Falloux, s'écriait M. Cousin à la fin d'un de ces entretiens où il n'avait pu le mettre en défaut, c'est la cause, la cause, la cause. »

Tel était l'homme que les événements allaient porter aux affaires. Son talent et son courage y avaient marqué sa place; d'anciennes et fortuites relations l'aidèrent à la prendre. Il avait fait ses études au collège Bourbon avec Auguste de Morny, « un intelligent et très aimable paresseux ». Durant ses pérégrinations à travers l'Europe, il s'était deux fois rencontré avec M. de Persigny qui avait demandé à le voir : la première fois, à Londres, pour lui emprunter de l'argent, la seconde fois, à Strasbourg, pour l'enrôler dans l'expédition qu'il préparait. Le sentiment d'une égale confiance dans l'avenir de leur drapeau les avait intéressés l'un à l'autre. « Nous étions faits pour nous entendre, disait en plaisantant M. de Falloux ; car vous êtes un Vendéen à votre façon. — Vos yeux s'ouvriront, répliquait solennellement M. de Persigny : le prince Napoléon régnera et vous ferez partie de son premier ministère. — Alors promettez-moi que vous me donnerez mon portefeuille. — Eh bien ! vous l'aurez. » Le 20 décembre 1848, la parole donnée en 1835 était acquittée. En entrant au ministère de l'instruction publique et des cultes. M. de Falloux trouvait sur son bureau le portefeuille en maroquin rouge que M. de Persigny lui avait promis. « Malheureux, dira-t-il plus tard. bien malheureux est le pays où

deux jeunes gens de vingt-cinq ans, échangeant une telle
gageure le sourire aux lèvres, peuvent finir par se prendre
au mot, où une telle aventure ne reste pas dans le domaine du roman ! » Quoi qu'il en soit, après quelque hési-
tation, il résolut de s'associer à un gouvernement, dans
lequel, ne croyant pas à la restauration de l'empire, il
voyait un commencement de retour à la légitimité.

Il n'avait mis à son acceptation qu'une condition,
mais une condition expresse : la présentation d'une loi
sur l'enseignement. Moins de quinze jours après, la commission chargée d'en établir les bases était nommée ;
l'année suivante, l'œuvre était accomplie. Elle est connue
aujourd'hui, — c'est M. de Falloux qui parle, — sous le
nom de loi du 15 mars 1850 pour ceux qui veulent en dire
du bien, sous le nom de loi Falloux pour ceux qui veulent
en dire du mal. Définition piquante et faite pour nous em-
barrasser, s'il était vrai qu'il fût impossible de concilier le
respect des droits de la liberté avec le souci des devoirs et
de la dignité de l'État.

La Charte de 1830 avait promis la liberté d'enseignement. La constitution de 1848 l'avait proclamée. L'Université était prête à l'accepter.

Ce que fait l'État, tout Français doit pouvoir le faire,
s'il en est digne et capable. L'existence et le développement de l'enseignement libre sont la condition du progrès
de l'instruction générale, la garantie de la paix des esprits :
aux établissements particuliers de frayer les routes nouvelles, à eux d'assurer aux familles l'éducation exclusive
que réclame leur conscience. Mais pour résigner, comme
il est nécessaire et juste, une partie de la puissance pu-

blique, l'État n'abdique point. C'est à lui qu'il appartient, en organisant l'éducation commune à ses divers degrés, depuis l'école de hameau jusqu'au Collège de France, de tenir tous les esprits en éveil. Si l'État cessait d'exercer cette initiative tutélaire, c'en serait fait de l'instruction des classes pauvres, l'ignorant n'étant que trop porté à s'engourdir dans son ignorance. C'en serait fait même de la culture supérieure : chacun allant au plus pressé, la France ne serait bientôt plus qu'un comptoir, un atelier. Sauvegarde des intérêts généraux, l'action de l'État est en même temps le lien de l'unité nationale : vouloir que l'État impose son uniformité à la société est une prétention tyrannique; mais laisser la société imposer à l'État ses divisions, ne serait-ce pas la plus redoutable des anarchies? Ainsi s'exprimaient M. le duc de Broglie, M. Cousin, M. Guizot dans un langage où l'Université s'honorait de se reconnaître. J'aime à invoquer devant vous, Messieurs, de tels patronages. Si la question de la liberté d'enseignement avait été maintenue dans ces sphères sereines et résolue suivant ces maximes de droit public, — j'emprunte le mot à M. de Broglie, — que de choses peut-être auraient pris parmi nous un autre cours!

Mais tel n'était pas le plan de ceux qui, sous le gouvernement de Juillet, réclamaient l'exécution des promesses de la Charte. Il ne leur suffisait pas d'avoir une part dans l'éducation; ils la voulaient tout entière. Il s'agissait pour eux, non de la liberté, mais de la domination. Naguère la politique, la jurisprudence, la science, toutes les branches de l'art reconnaissaient la suprématie de l'Église; ces nobles vassales avaient été successivement

arrachées à son influence. « Voici maintenant, s'écriait
M. de Montalembert, traçant aux catholiques leur devoir,
voici le tour de l'éducation, que l'État, sous la figure de
l'Université, vient confisquer à son profit. L'épiscopat et
le clergé français peuvent-ils ne pas résister à cette dernière usurpation?... » Et après les douloureux événements
qui, au mois de juin 1848, avaient jeté le trouble dans
les meilleurs esprits, ce fut sur ce terrain que la lutte
s'engagea.

Ce n'est pas nous qui en faisons l'histoire. Elle est
écrite dans les procès-verbaux de la Commission de 1850.
Dans le premier élan de l'attaque, l'instruction primaire
aurait été tout entière livrée aux congrégations, s'il eût été
aussi facile d'en supporter la charge que d'en prendre la
direction, et peu s'en fallut que ce ne fût aussi le sort de
l'instruction secondaire. L'esprit de transaction intervint.
Était-ce vraiment une transaction? Il y a trente ans, à cette
même place, dans l'éloge du comte Molé, arrivant à l'établissement de la royauté de Juillet à laquelle M. Molé
avait donné son concours, M. de Falloux disait : « Deux
convenances, également impérieuses, quoique en apparence
contraires, me sont imposées : la réserve et la franchise.
L'Académie, jalouse de l'honneur de tous ses membres, ne
consentirait à me voir oublier ni l'une ni l'autre. » Vous
me permettrez, Messieurs, de m'inspirer des mêmes sentiments. Ce qui était un droit pour M. de Falloux est pour
moi un devoir.

J'en ai d'ailleurs la conviction, et j'aime à le dire tout
d'abord : avec quelque scrupule que M. de Falloux ait
paru s'effacer dans la préparation de la loi, c'est lui qui

inspira la plupart des tempéraments qu'elle reçut. Mais, —
pour ne toucher qu'aux principes sur lesquels elle reposait,
— alors qu'on annonçait l'intention de détruire un monopole que personne ne défendait plus, était-il conforme à
l'équité de reconstituer les privilèges en sens contraire,
de créer des jurys et des brevets d'exception, de répudier
le droit commun qui est l'essence même et la raison de la
liberté? Était-il d'une politique prévoyante de substituer
au loyal stimulant de la concurrence les défiances d'un
antagonisme qui risquait d'introduire dans l'éducation les
dissentiments des opinions de parti? Pourquoi surtout
amoindrir l'enseignement de l'État, ne pouvant le détruire, — dans son autorité en morcelant les grandes
régions académiques, dans son indépendance en le mettant en tutelle au sein des conseils appelés à régler ses
intérêts, dans sa valeur en abaissant les programmes de
l'École normale, dans son honneur en jetant le discrédit
sur l'élite de ceux qui le servaient? L'effet de cette sus-
picion ne tarda pas à se produire. C'est peu de temps
après que nous avons vu nos maîtres, ceux à qui nous
devions ce que nous sentions en nous de meilleur, écartés
des chaires dont ils étaient la force et l'éclat, nos plus
brillants condisciples mis en cause pour leur dévouement
à la science et punis de leur talent. M. de Falloux, qui a
connu tous les nobles sentiments, pardonnerait, je m'en
assure, à nos souvenirs de jeunesse la sincérité de ces
impressions. Ajouterai-je que, tandis qu'on s'étonnait
autour de lui qu'il n'eût pas fermé les collèges de l'État en
ouvrant les portes des maisons religieuses, il ne craignait
pas de dire, dans sa clairvoyance, que « deux choses

auraient manqué aux maisons religieuses : des prêtres
pour les diriger, des familles pour les remplir »? Nous
ne pourrions souhaiter un plus décisif témoignage.

Issue, au commencement du siècle, de la reconstitution
de la société civile, l'Université en satisfait, comme elle en
exprime, les sentiments, les besoins, la sage et ferme tolérance. Forte du bon sens public, elle ne s'incline ni devant
ceux qui prétendirent un jour proscrire des écoles Homère
et Virgile, ni devant ceux qui voudraient aujourd'hui ex-
purger les *Fables* de La Fontaine ou les *Oraisons* de Bossuet.
Aux adversaires qui incriminent son esprit, elle répond
comme elle a répondu de tout temps : par l'exemple de ses
maîtres qui, sous les yeux des familles, pratiquent le culte
désintéressé de la science, la fidélité au devoir, la dignité
de la vie ; par sa discipline qui, s'adressant à la raison,
prépare dans l'enfant l'homme de son temps et de son
pays ; par son enseignement enfin qui, puisé aux sources les
plus hautes, nourri des doctrines d'Aristote et de Platon,
de Descartes et de Leibnitz, maintient les franchises de
l'intelligence humaine, mais respecte les consciences et n'a
jamais admis que la liberté de croire ne fît pas partie de
la liberté de penser.

L'avènement de l'Empire rendit M. de Falloux à lui-
même. Il se consacra à l'agriculture, et il y porta comme
en toute chose le besoin d'une action raisonnée. Arthur
Young, visitant la France à la fin du siècle dernier, raconte
qu'il ne s'était arrêté en Anjou que pour voir le marquis
de Turbilly dont les défrichements avaient été célébrés
par Voltaire. Après avoir battu le pays pendant plusieurs
jours, questionné en vain paysans et seigneurs qui igno-

raient l'existence du célèbre agronome, il rencontra enfin
dans un endroit retiré une vieille dame dont il apprit qu'en
effet il existait à environ cinq lieues un domaine appelé
Turbilly, du nom de celui qui l'avait habité, que le marquis avait même fait, disait-on, des travaux, écrit des livres,
mais qu'il était mort insolvable. Le Bourg-d'Iré n'est pas
moins fameux aujourd'hui que ne l'a été Turbilly en son
temps; mais M. de Falloux ne se fût pas pardonné d'en
avoir acheté à ce prix la renommee. Ce n'est point par
caprice ou par dépit qu'il s'était tourné vers la vie rurale.
A ses yeux, il n'était pas d'occupation plus digne de ceux
qu'ont frappés les coups de la politique, ni qui permît plus
sûrement de se rendre utile en demeurant indépendant :
jamais homme ne fut moins un émigré dans son pays.
Il y trouvait pour lui-même la satisfaction de travailler à
la prospérité de sa chère Vendée angevine. Il se disait
enfin que le moment n'était pas loin où la grande pro-
priété pourrait être contestée, et il croyait sage qu'elle
se préparât à justifier son principe par ses services. Il
voulait faire de son œuvre un enseignement et un bienfait.

La terre sur laquelle il avait à s'exercer était, comme
lui, novice; il lui avait fallu tout créer, à commencer par
le domaine qui, à l'origine, ne comprenait pas moins
de deux cent six parcelles distinctes. Or, il pouvait le
prouver livres en main, dix ans plus tard, elle rendait
bien au delà de ce qu'elle avait coûté, et l'instruction,
comme l'aisance, rayonnait dans tout le pays d'alentour.
« C'est ce que j'ai fait de mieux dans ma vie, » disait-il à
ses visiteurs, et il en a écrit l'histoire dans un petit chef-

d'œuvre de précision économique et d'engageante pein-
ture. Je ne sais guère parmi nous que Voltaire, le Voltaire
des *Délices,* — M. de Falloux acceptera pour une fois ce
rapprochement, le marquis de Turbilly en est le lien, —
qui ait parlé d'une exploitation rurale avec autant de
charme. Le plan de ferme dressé par le seigneur du
Bourg-d'Iré n'a rien à envier à la description, devenue
classique, de la maison rustique du patriarche de Ferney.
Encore Voltaire y met-il parfois trop d'esprit. Ses bœufs
lui font des mines. C'est un citadin, resté citadin, qui jouit
de la campagne en s'aidant des souvenirs de Virgile et
d'Horace; c'est un châtelain, qui n'a pas encore l'habitude
de l'être, et qui compte ses arbres, ses vassaux, ses moines :
ce bonheur tout nouveau l'enivre : il faut qu'il en parle.
Ah! si le concours de Poissy eût existé, quelle ardeur il
eût mise à disputer la prime! Quels appels, pour l'obtenir,
à Thieriot, à Cideville, à d'Alembert, à d'Argental, et
comme l'Europe eût retenti de son triomphe! M. de Falloux s'honorait de ses succès de comice : les coupes et les
objets d'art qu'il avait gagnés tenaient dans les salons du
château la première place; mais ce n'était pour lui que la
consécration de la propagande qu'il avait entreprise.
Toutes ses observations ont la portée d'une leçon. S'il
a adopté pour ses troupeaux le type Durham, pour ses
vergers le système Dubreuil, c'est que le système Dubreuil
dans l'arbre fruitier supprime une grande partie du bois
au profit du fruit, comme le type Durham réduit dans
le bœuf, autant qu'il se peut faire, les os, les pattes et les
cornes au profit de la viande, en un mot qu'ici et là le
superflu est sacrifié à l'utile. Il ne s'agit de rien moins

que d'une méthode d'éducation; chacun peut y trouver un conseil : n'aurions-nous pas, nous, par exemple, trop de bois dans nos programmes d'études? En même temps qu'il calcule les avantages de la vie qu'il propose en exemple, M. de Falloux en analyse finement les jouissances; et pour les célébrer il retrouve les accents de la poésie antique imprégnée de l'onction chrétienne : « C'est la vie des champs qui trompe le moins d'espérances, dit-il : le vrai campagnard est en même temps actif et sédentaire : sensible à l'honneur, inaccessible à l'ambition, il sert son pays sans quitter son foyer. Son corps est robuste, parce que son âme est paisible. Jette-t-il ses regards en arrière, il retrouve assurément des soucis et des peines, mais point de regrets. Quand ses jours sont comblés, il laisse autour de sa tombe un honnête souvenir de deux ou trois lieues de circonférence et cette devise à ses successeurs : Vivre en travaillant, mourir en priant. »

Si féconde que fût cette activité, elle était loin de suffire à M. de Falloux. Longtemps hôte assidu de la Société d'agriculture et des arts d'Angers où sa présence était une fête, il s'y montrait de plus en plus rarement; et comme on lui en exprimait le regret : « Ah! si vous faisiez de la politique! répondait-il ». Jamais il ne s'en était laissé distraire. Restaurer la monarchie en France, rétablir parmi les peuples le gouvernement de l'Église, tel est le rôle, défini de bonne heure avec précision, embrassé avec ferveur, soutenu pendant les trente dernières années de sa carrière envers et contre tous, amis ou ennemis, tantôt avec une patience que rien ne lasse, tantôt avec une vivacité hardie, toujours avec une autorité incomparable, qui fait l'intérêt supérieur et l'unité de sa vie.

Ainsi qu'il le disait du comte Molé, « le Christianisme n'était pas pour lui l'objet d'une admiration spéculative, ni le bienfait épuisé des âges disparus » : il y voyait « le libérateur et le père des âges futurs ». L'Église à la tête de la civilisation, le Pape à la tête de l'Église, c'était là l'expression la plus haute de son dogme politique. Mais il ne croyait pas que l'Église pût accomplir son œuvre sans s'aider du concours des forces que l'esprit moderne mettait entre ses mains. La liberté de l'enseignement obtenue, il considérait que le parti qui s'était groupé sous la direction de M. de Montalembert pour la conquérir, n'avait pas de raison de survivre à sa victoire, et l'empire ayant mis à néant les communes espérances, il avait appelé ses coreligionnaires à soutenir ensemble la cause de toutes les libertés, en se réunissant sans distinction de nuances autour du drapeau de la monarchie : au parti des catholiques il voulait substituer les catholiques de tous les partis. A cet appel de ralliement un cri de guerre avait répondu, au nom de ceux qui, rebelles à toute idée de transaction, prétendaient ne point abaisser leur bannière : ni légitimistes, ni libéraux, ni gallicans ; au dedans le respect du pouvoir établi sans vaines menaces de révolte, au dehors le dévouement à l'Église sans réserve, le règne de la doctrine romaine sans contrôle. Et dans le champ ouvert à cette lutte inattendue, M. de Falloux avait trouvé un adversaire rompu à toutes les manœuvres, écrivain de race, ne refusant rien à sa verve plébéienne et à ses âpres ressentiments, infatigable, implacable. Quelque rudes que fussent ces assauts, il semble que M. de Falloux ait eu plus à s'en féliciter qu'à s'en plaindre. La question romaine lui avait fourni l'occasion de faire éclater son zèle pour les intérêts temporels du Saint-Siège et de revendiquer l'honneur de la politique inaugurée en 1849 par son ministère. Il pouvait avec d'autant plus d'indépendance résister aux entraînements de doctrine auxquels on sollicitait l'épiscopat français et la papauté, en pesant sur l'épiscopat au nom de la papauté, sur la papauté au nom de l'épiscopat. Il se refusait à admettre que la science fût incompatible avec la foi et que l'Église dût repousser en bloc les conquêtes de l'esprit humain. Il interprétait le *Syllabus*. Le jour où, ayant applaudi à la réunion du Concile, il fut accusé de vouloir introduire le régime parlementaire dans les délibérations de la cour de Rome, il protesta; mais on peut croire qu'au fond l'injure ne lui déplut pas.

Il appliquait la même politique à la défense de la monarchie. M. de Falloux avait le goût de la tradition. Au cours de ses voyages, il l'avait admirée en Angleterre, dans les institutions, dans les mœurs, jusque « dans les dispositions des routes ombragées et sinueuses qui se détournent ou s'allongent pour ne pas toucher un vieil arbre ». Il en entretenait le respect autour de lui. Lorsqu'il avait fait rebâtir, en l'agrandissant, le château du Bourg-d'Iré, il en avait conservé les fondations anciennes et c'est dans la partie où elles subsistaient qu'il s'était personnellement établi. En entrant dans les salons de réception, le regard était tout d'abord frappé par deux tableaux représentant, l'un la bataille de Fontenoy, l'autre la bataille de Lépante — la dernière victoire de la chrétienté, la dernière victoire de la royauté. La monarchie héréditaire que jadis son imagination entourait d'une auréole apparaissait à sa raison comme le principe le plus conforme à l'ordre établi par Dieu dans la constitution de la famille. Mais il n'estimait pas qu'elle pût se faire accepter sans se régler sur l'esprit du temps, et l'esprit du temps, à ses yeux, c'était l'esprit de 1789. Il avait pour maxime que le passé, par cela seul qu'il est le passé, ne suffit pas au présent. A ceux qui, mécontents de l'opposition qu'il faisait au représentant de la légitimité, disaient : le Roi est le Roi ; il faut le prendre tel qu'il est ; la France aussi, répliquait-il, il faut la prendre telle qu'elle est. Lorsque l'option se posa entre les deux drapeaux, son choix était fait.

Hors de son parti, on pouvait se demander quelle serait finalement la Charte de la monarchie qu'il travaillait à rétablir, quelle part l'Église libérale ferait à la liberté. Dans son parti même, ses adversaires lui ont souvent reproché de ne parler qu'à demi, de ne se donner qu'à moitié. Il ne se défendait pas d'être habile et de suivre ses voies. Il ne lui en coûtait ni de se retrancher, ni de se couvrir. Mais jamais il n'a connu l'inconséquence ni l'indécision. Personne n'a été plus résolument fidèle à ses idées, à l'amitié, à tous les sentiments qui honorent l'homme d'État. Quand à travers ses discours et ses articles on suit le détail de sa double polémique, on n'est pas moins frappé de sa vaillance que de sa souplesse. Il n'a pas tenu à lui que ses *Mémoires* dont il avait corrigé toutes les épreuves ne fussent publiés de son vivant : il eût voulu être là pour affronter la critique et en soutenir le choc. Il aimait la lutte. Les documents de la Révolution

nous montrent les Vendéens de 1793 saisissant le fusil
au premier signal, et courant se battre, une semaine, un
mois, le temps que durait la campagne, puis revenant pai-
siblement à la charrue. Tel je me représente M. de Falloux dans sa retraite du Bourg-d'Iré. L'oreille tendue à
tous les bruits du dehors, il veillait. On l'avertit, on le
consulte, on réclame le concours de sa parole ou de sa
plume : il se jette dans la mêlée, gouverne l'attaque et la
défense, fait tête de tous côtés; l'alerte passée, il rentre
dans le repos de ses champs jusqu'à ce que les événements viennent l'y relancer. Il était l'âme de son parti.
Dans les négociations qui s'engagent, il n'est d'aucune
mission, mais il possède tous les secrets. Plus d'une fois
un siège lui fut offert à la Chambre et au Sénat; il re-
fusa, non par l'orgueilleux désir de se grandir dans l'iso-
lement, mais par un désintéressement sincère. Il préférait
l'influence aux honneurs, la direction au pouvoir : il
n'avait que les grandes ambitions. Rare élévation de sentiment, d'autant plus admirable que M. de Falloux ne
l'ignorait point : assailli avec autant de violence par ceux
qui professaient ses principes que par ceux qui les com-
battaient, il courait le risque de tomber sous leurs feux
croisés; et « quand, connaissant de vieille date ce péril,
on s'y expose », écrivait-il presque à la fin de sa carrière
sans illusion, sinon sans amertume, « c'est qu'on croit accomplir un dernier devoir et rendre un dernier service. »

A ces tristesses généreuses ne dut-il pas s'ajouter parfois d'autres angoisses? Cet esprit si pénétrant, témoin
des divisions qui déchiraient son parti, ne voyait-il pas
celles qui travaillaient la France? M. de Falloux connais-

sait trop la puissance de l'opinion pour n'en pas comprendre les enseignements ; il était trop attentif aux courants de l'esprit public pour ne point reconnaître, sous les troubles de la surface, la transformation profonde qui est à la fois l'honneur et le péril de notre temps. Une société nouvelle s'est élevée. La force a passé au nombre ; et ce n'est pas seulement dans l'ordre politique que le suffrage universel a modifié les conditions de la vie sociale. Les problèmes jadis réservés à une élite préparée à en peser les termes, à en mesurer les solutions, se sont dressés tout d'un coup devant des foules impatientes et inquiètes. L'esprit d'affranchissement a pénétré partout, confondant trop souvent les privilèges abusifs et les inégalités nécessaires, les ambitions légitimes et les convoitises malsaines, la liberté et la licence, le pouvoir et le droit. Et en même temps de ces mouvements confus et mal réglés se dégage un sentiment plus vif de la dignité humaine, une conception plus exacte de la justice, tout un ensemble d'efforts qui témoignent d'une raison publique plus largement éclairée. De l'organisation de cette démocratie qui cherche laborieusement à discipliner ses forces dépend aujourd'hui la destinée du pays, de sa vitalité notre grandeur, de sa sagesse notre salut. « Ah ! quel n'eût pas été le sort de la France, s'écriait en 1869 M. de Falloux adjurant ses amis de ne pas se dérober à l'occasion de reprendre leur place dans les conseils de la nation, ... si, au cours du XVIIIe siècle, tous ceux qui avaient crédit dans l'État avaient fixé leurs regards autant sur l'avenir que sur le passé...! Ayons le courage de l'avouer : peut-être a-t-il dépendu de nous que ce siècle ne finît pas dans une sanglante orgie son rêve de phi-

lanthropique régénération, nous léguant à nous-mêmes cet
héritage d'impuissance et de haine qui nous énerve et nous
décime encore. » Et ailleurs, félicitant M. Augustin Cochin
d'avoir compris ce sentiment, il écrivait : « Il n'est pas
toujours licite, et il est quelquefois coupable de se conduire
uniquement par les inclinations de son esprit et de son
cœur. Le devoir prescrit souvent de les sacrifier et de ne
fermer de sa propre main aucune des issues qui s'ouvrent ou
semblent s'ouvrir pour sauver un pays déjà si malheureux. »
Quelle haute leçon de sagesse politique et de patriotique
dévouement ! Quelle force pour la France qui a tant besoin
qu'on l'aime, le jour où, serrés autour du gouvernement
national, tous ceux qui ont le souci de l'avenir asso-
cieraient leurs lumières et leurs efforts pour travailler de
concert à l'éducation de la démocratie et asseoir sur des
institutions protectrices de toutes les libertés, respec-
tueuses de tous les droits, l'unité morale du pays !

Tel est le caractère de la polémique chez M. de Falloux
que même alors qu'on ne peut s'associer à ses idées, la pensée, en le suivant, s'élève. Le spectacle de sa vie privée n'est
pas moins attachant. Il avait conservé à Angers une modeste
maison presque cachée dans l'ombre de la cathédrale, son
presbytère, comme il l'appelait, et à l'automne il parcourait
volontiers l'Anjou, se donnant à d'anciennes et tendres
relations de famille ou d'affection. Mais il semblait qu'il
ne s'appartînt qu'au Bourg-d'Iré, dans ces bois qu'il avait
plantés, en face de ces horizons calmes et purs sur lesquels
tant de fois son regard s'était reposé. Tout y était pour lui
souvenir : les chemins creux, les gués du ruisseau, les pierres
brunies de la carrière, le vieux chien de ferme qui jadis le

suivait dans ses promenades. C'était sa petite patrie dans
la grande. « La patrie, disait-il s'inspirant d'une page d'un
roman qu'il avait transcrite sur l'album de sa jeunesse, c'est
cet aspect de tous les jours où s'encadrent toutes les sensa-
tions, où habitent tous les souvenirs et tous les rêves ; c'est
le bruit du marteau qui est devenu habile à dire le nom de
celui qui le frappe, le cri d'un marchand qui passe chaque
jour à la même heure..., la salutation affable des voisins,
cette langue maternelle faite à la bouche et à l'oreille
comme l'air à la poitrine, un pauvre qu'on connaît, un
enfant qu'on a vu naître, un serviteur qu'on aime... »
Son cœur tenait au Bourg-d'Iré par tous ces liens
comme par autant de racines. Une bibliothèque formée
des chefs-d'œuvre du XVIIe siècle auxquels il n'ajoutait
guère que vos ouvrages, Messieurs, la musique où il était
juge exquis, la société intime d'une compagne digne de
lui et d'une fille que la délicatesse de sa santé lui rendait encore plus chère, remplissaient ses loisirs. Il se
plaisait à les partager aussi avec des amis que rete-
naient la sûreté de son commerce et le charme de ses
entretiens solides, ornés, riches en souvenirs, dont ce que
nous connaissons de ses *Mémoires,* écrits comme il devait
causer, donne une idée si séduisante. Il les occupait surtout
à multiplier les œuvres de son inépuisable bienfaisance. En
renonçant à rentrer au Parlement, il avait donné au Bourg-
d'Iré pour la construction d'une maison de vieillards le
capital du revenu que lui coûtait le séjour de Paris. Plus
tard, à la mort de Mme Swetchine, il n'avait cru pouvoir
mieux honorer sa mémoire qu'en élevant sous son nom, a
Segré, un asile pour les malades. Mais il ne se considérait

pas comme acquitté par ces deux grandes œuvres. Il répandait le bien, de sa main, au jour le jour. Il raconte dans ses *Mémoires* que, visitant la maison de Walter Scott, il se fit montrer la chambre de l'aimable romancier par la femme de charge qui avait vieilli au service de la famille : « Elle parut répondre avec un visible plaisir, dit-il, à mes questions empressées ; mais bientôt l'émotion la gagnant, elle s'interrompit pour contenir ses larmes et je ne puis oublier avec quel accent elle reprit après quelques instants de silence : Il était si bon pour tout le monde ! » Et il ajoute : « Qui n'envierait cette courte oraison funèbre ! » Cette oraison funèbre, je l'ai entendue, au Bourg-d'Iré, de plus d'une bouche. On ne sortait jamais de chez M. de Falloux les mains vides. Ses granges et ses celliers contenaient des provisions toujours préparées pour ceux que le besoin conduisait à sa porte. Chaque anniversaire, heureux ou triste, était l'occasion d'une libéralité. Un jour il apprend que les petites sœurs des pauvres d'Angers ont perdu dans une épidémie la bête avec laquelle elles alimentaient la table de leurs pensionnaires. Il se présente chez la supérieure. On annonce M. de Falloux, membre de l'Académie française : « Non, ma sœur, reprend-il bien vite, je ne suis qu'un marchand de vaches et je vous amène ma meilleure laitière : seulement, pour ne pas changer ses habitudes, je fournirai sa nourriture. »

Lorsque la mort frappant coup sur coup vint désoler ce foyer où le plaisir de faire le bien ensemble était tout le bonheur, M. de Falloux eut comme un redoublement d'activité charitable. Sa santé qui avait toujours été chancelante s'était presque raffermie. En même temps qu'il mettait la dernière main à ses *Mémoires,* il assurait l'avenir de ses fondations. Le premier avertissement du mal qui devait l'emporter le trouva prêt. Il avait marqué sa place auprès des siens et fait graver sur sa tombe le seul titre qu'il voulait conserver devant la mort, celui qu'il tenait de vos suffrages : « Il n'y aura plus, disait-il, que la date à ajouter. » Selon son vœu, aucun honneur ne lui a été rendu. Mais il a eu pour cortège tous ceux que, dans sa dernière pensée sans doute, il a rassemblés autour de lui : les amis qui partageaient sa foi politique et ses chrétiennes espérances, l'Anjou en deuil, le Bourg-d'Iré en larmes.

RÉPONSE

DE

M. LE DUC DE BROGLIE

DIRECTEUR DE L'ACADÉMIE FRANÇAISE

AU DISCOURS

DE

M. GRÉARD

Prononcé dans la séance du 19 janvier 1888.

MONSIEUR,

Tous ceux qui ont connu, aimé, vénéré M. de Falloux retrouveront sa ressemblance dans le portrait que vous venez de tracer. Ils s'étonneront même, non que vous ayez rendu si pleine justice à ses grandes qualités (un esprit élevé comme le vôtre ne pouvait y rester insensible), mais que vous ayez pu découvrir, je dirais presque deviner tant de traits de sa vie intime pleins d'originalité et de charme que, dans la retraite où il vivait, ses amis seuls croyaient avoir pu apprécier. Je n'éprouve pas cette surprise, car je n'ignorais pas avec quel soin vous avez étudié votre modèle, et une indiscrétion, que vous excuserez, j'espère, m'a fait connaître quel moyen vous avez heureusement imaginé pour suppléer à ce que vous n'auriez pu savoir par vous-même.

La description que vous venez de nous faire de la demeure de M. de Falloux au Bourg-d'Iré nous a appris que vous avez voulu visiter ce beau lieu, objet des prédilections de son propriétaire et où la plus grande partie de sa vie s'est écoulée : mais vous ne nous avez pas mis au fait du détail le plus piquant de cette visite. C'est sans prévenir personne, m'a-t-on dit, et sans vous nommer que vous êtes allé, comme un passant inconnu, vous mêler aux habitants de la contrée où est situé le **Bourg-d'Iré**, et vous entretenir avec eux afin de surprendre dans leurs propos, sans qu'ils se fussent mis en garde, le souvenir qu'ils conservaient du châtelain de leur voisinage. Vous avez même voulu faire causer dans leur franchise rustique les paysans qui l'abordaient familièrement tous les jours ; et là, recueillant de toutes les bouches mille preuves touchantes, soit de la bonté de son cœur, soit de la grâce de son esprit, voyant surtout avec quelles bénédictions était prononcé, jusque dans les plus humbles chaumières, ce nom que vous aviez entendu plus d'une fois maudire par les factions, vous vous êtes plu, m'a-t-on assuré, à convenir que vous appreniez pour la première fois à le bien connaître. Si la malveillance et la calomnie qui n'ont pas épargné M. de Falloux jusqu'à sa dernière heure avaient accrédité quelques préventions dans votre esprit, elles devaient tomber, en effet, devant ce témoignage spontané de la voix populaire. J'imagine pourtant que c'est surtout

en pénétrant dans l'asile même que M. de Falloux s'était
choisi que vous avez achevé de faire pleine connaissance
avec sa personne. Là, en effet, tout a été créé par lui et
tout porte son empreinte. Ce manoir a une histoire qui est
celle même du progrès des idées de son maître. C'était un
coin de terre inculte et presque inaccessible, ensanglanté
plus d'une fois par les combats de la chouannerie : des
plants de genêts poussés à hauteur d'homme étaient tout
préparés pour servir d'abri aux complots des réfractaires.
M. de Falloux en a fait un beau domaine d'un accès ouvert
et riant. De vieux arbres enchâssés dans des haies vives et
bordant des chemins creux avaient servi de couvert à plus
d'une embuscade : on a respecté leur antiquité ; mais ce ne
sont plus que les ornements de magnifiques pelouses, où
s'étalent au soleil de grands bœufs, lauréats des comices
agricoles. Ces pâtres, ces laboureurs, ce sont bien les fils
des rudes partisans qui, naguère, à la voix d'un chef, se
levaient pour faire le coup de fusil derrière lui : c'est
parmi eux que M. de Falloux a trouvé les compagnons
dévoués d'une vie de paix et de travail. Voilà comment un
gentilhomme vendéen (il aimait à s'appeler ainsi), sans
quitter le sol natal ni faillir à la foi de ses pères, était
devenu le modèle d'un propriétaire bienfaisant d'aujour-
d'hui. Mais passez le seuil de ce château dont le profil élégant et sévère se détache à l'horizon. Là, l'aspect change,
tout vous parle du royaliste et du chrétien qui a voulu
vivre et mourir devant les images de la grandeur séculaire
de l'Église et de la Monarchie : le culte des traditions du
passé, joint à l'intelligence des conditions des temps nouveaux : tout est là. Voilà l'homme. Et c'est dans ce cadre et

sous cette lumière dignes d'elle que vous avez vu cette
noble figure se dessiner devant vos yeux.

C'est bien aussi sous ces traits que vous nous l'avez
dépeinte. Vous nous avez montré M. de Falloux recevant
à sa naissance, avec le sang qui circule dans ses veines, des
opinions toutes faites et héréditaires, monarchiques et
catholiques, véritable symbole de dogmes politiques autant
que religieux, auquel il adhère avec la pieuse soumission
de l'enfance : avant l'âge de la réflexion, il est enrôlé
dans la fraction la plus militante d'un parti. Mais dès qu'il
a jeté un regard sur la société qui l'environne, ses vues et
ses idées s'étendent, et sans cesser de confesser tout haut
et même de défendre à tout venant sa foi traditionnelle, il
éprouve le besoin d'en élargir la base et de la transformer
par l'étude en une conviction réfléchie. Ce qu'il continue
de croire par le sentiment et par le cœur, il veut aussi y
adhérer par la raison. Ce travail de l'esprit sur lui-même
est à peine achevé que survient cette suite d'événements
imprévus qui l'appelle, au milieu d'une tempête, à prendre
part à la direction de l'État. L'avènement au pouvoir
était un moment critique, car il fallait ou déserter ses
principes, ou les faire passer en application. L'épreuve
n'étonne pas M. de Falloux : parmi les vœux qu'il a
formés pour le triomphe de sa cause et le bien de son
pays, il fait choix de celui qu'il lui paraît à la fois possible et urgent de réaliser, et autant il mettait d'ardeur
à en réclamer, autant il va déployer d'habileté pour en
assurer l'accomplissement. La veille il s'attaquait fran-
chement aux idées, il va manier adroitement les hommes,
et tendant la main à ceux qu'il combattait hier, c'est sur

le champ de bataille même qu'il leur offre et fait accepter par eux un terrain de conciliation. En six mois de ministère, il a fait un acte dont l'effet va survivre bien des années à son pouvoir.

Le lendemain commencent, pour M. de Falloux, ces longs jours de solitude et de retraite qui ne devaient finir qu'avec sa vie : retraite féconde, car vous nous en avez décrit l'utile emploi, mais traversée, hélas! par trop de douleurs et de souffrances. Dans cette nouvelle phase de son existence, c'est toujours le même homme, la physionomie n'est pas changée : c'est le même tempérament moral. fait d'ardeur et de raison; le même mélange de chaleur d'âme et de largeur d'intelligence et, comme vous l'avez si bien dit, de vaillance et de souplesse. Quand, à de rares intervalles, pour remplir un devoir impérieux, il se fait encore entendre ; quand il prend la plume à défaut de la parole, c'est bien toujours pour combattre les adversaires de ses chères convictions et relever leurs attaques ; mais c'est toujours aussi pour leur tenir le langage de l'homme d'État qui a su à quel prix s'achète une victoire, et, dans l'entraînement de la lutte, pense aux conditions de la paix future. D'ailleurs ce n'est jamais ni aux amis ni aux ennemis seuls qu'il s'adresse, mais à un public plus étendu, à la France entière dont il connaît les exigences et veut ménager même les préjugés. Peu lui importe alors si, par les précautions qu'il prend pour ne pas blesser sans profit ceux qu'il veut convaincre, il lui arrive parfois de mécontenter ceux qu'il veut servir. Chacun de ses écrits est tout ensemble une généreuse confession de foi et un modèle de sens politique.

Ce caractère général qui fait l'unité de la vie de M. de
Falloux, vous avez voulu en retrouver l'expression dans
chacun de ses actes ou de ses discours publics dont plusieurs vous ont semblé, non sans raison, assez importants
pour mériter un examen particulier. Vous vous êtes acquitté de cette tâche de manière à laisser bien peu de chose
à faire après vous. Je me garderais bien, par exemple, de
rien ajouter à ce que vous avez dit de l'éloquence de M. de
Falloux, du charme de sa parole toujours vivement im-
provisée, de cette élégance de la forme qui, loin d'atté-
nuer, relevait encore la vivacité des saillies et accroissait
la portée du trait, de même que plus le fer est finement
aiguisé, plus le dard pénètre avant dans les chairs. Certaines de ses répliques, dites-vous, appartiennent à l'histoire. Vous dites vrai. Elles durent, parce que sous une
forme lapidaire, ce sont des maximes gravées pour l'instruction de tous les temps et de tous les pays : celle-ci,
par exemple, que vous auriez pu citer, si bien faite pour
élever l'âme des hommes d'État au-dessus de la bassesse
de certaines calomnies : « L'injure suit la loi des corps
physiques et n'acquiert de gravité qu'en proportion de la
hauteur dont elle tombe » ; et cette autre, expression d'un
vœu qui n'a pas toujours été exaucé : « La France ne veut
ni des gens qui ne sont capables de rien, ni de ceux qui
sont capables de tout. »

Je n'ai qu'un regret, vous me permettrez de l'exprimer,
c'est que vous ne nous ayez pas rappelé dans quelle cir-
constance (pourtant très fameuse) cette éloquence qui
visait si haut et frappait si juste, s'est révélée pour la première fois à l'assemblée qui n'attendait rien de pareil de

la jeunesse encore inconnue de M. de Falloux. Il y avait
là un contraste qui dût en accroître l'effet et que vous
auriez pu heureusement relever. C'était au lendemain
d'une de ces secousses révolutionnaires qui, en portant
quelques chefs au pavois, retombent si durement par l'ar-
rêt subit de l'activité sociale sur ceux qui vivent de leur
travail. Le gouvernement issu de la révolution de fé-
vrier 1848 avait dû pourvoir à des misères pressantes par
des ressources factices, auxquelles son trésor épuisé ne
pouvait plus suffire; les ateliers nationaux où l'on ne travaillait guère étaient devenus une sorte de camp retran-
ché où se fortifiait, derrière des barricades, une foule
qu'on avait eu l'imprudence de bercer de fausses espérances, et l'imprudence plus grande encore de laisser
armée tout entière. Leur dissolution était devenue nécessaire, tout le monde en convenait sur les bancs de l'Assemblée constituante : chacun le disait tout bas, un seul
eut le courage de venir le dire tout haut à la tribune; avec
quelle mesure, avec quels égards vraiment fraternels pour
le malheur, avec quel soin de rechercher tous les tempéraments possibles d'une si pénible transition, le texte conservé du rapport de M. de Falloux est là pour l'attester.
Mais pendant qu'il parlait, un sourd frémissement parcourait tous les rangs : on savait que dans les quartiers éloi-
gnés l'appel aux armes avait déjà retenti; le flot montait;
on l'entendait mugir et la première vague, le lendemain,
faillit emporter l'Assemblée tout entière.

Quelle scène, Monsieur, et comme vous auriez su la
peindre! Pour trouver une situation pareille où la parole
ait eu le caractère d'un grand acte, il faut remonter jusqu'à

Cicéron haranguant le Sénat romain pendant que Catilina est aux portes. Le cardinal de Retz, après avoir dépeint le sang-froid du président Molé descendant l'escalier de la grand'chambre au milieu d'une multitude ameutée contre lui, s'écrie dans un transport d'admiration : « S'il n'y avait pas quelque chose de singulier à dire qu'il y a eu de notre temps un homme plus courageux que M. le Prince et que le grand Gustave, je dirais que c'est M. le Premier. » De M. de Falloux aussi l'histoire pourra dire que le courage civil s'éleva chez lui, ce jour-là, à une hauteur que ne dépasse pas l'intrépidité du guerrier sur le champ de bataille. Grand exemple et utile leçon pour cette jeunesse dont l'éducation morale vous tient si justement à cœur, et qui, réservée peut-être à plus d'une épreuve, a besoin qu'on lui enseigne avant tout la fermeté d'âme. Vous avez placé l'image de M. de Falloux à la tribune dans un médaillon achevé : pourquoi nous avoir refusé le plaisir d'en faire le centre et le personnage principal d'un tableau d'histoire?

L'éloquence de M. de Falloux, vous nous l'avez fait remarquer, malgré la passion contenue qui lui donnait tant de force et de flamme, restait toujours maîtresse d'elle-même. Ce trait distinctif de son talent oratoire n'a jamais été plus visible que dans un autre de ses discours dont vous avez rappelé l'occasion. C'est quand il eut à défendre cette expédition de l'armée française à Rome, préparée par le général Cavaignac pour sauver une tête sacrée du poignard des assassins : résolue par les ordres d'une assemblée républicaine, mais dénoncée ensuite comme une trahison par beaucoup de ceux qui l'avaient votée, quand le hasard d'une élection leur eut enlevé le pouvoir avec la majorité. Collègue de notre illustre confrère M. de Tocqueville, qui gérait à côté de lui le ministère des affaires étrangères, il eut à descendre dans l'arène pour le préserver d'injustes attaques. Cette fois aussi, l'émeute, bien que vaincue, restait toujours menaçante, et à la vivacité des débats tels que nous les représente le compte rendu officiel du temps, aux interruptions, aux murmures qui couvrent à tout moment la voix de l'orateur, on voit qu'il s'agit encore ici d'un combat plutôt que d'une discussion. Et cependant, malgré cette lutte ardente, M. de Falloux conserve assez de calme pour décrire dans des termes d'une majestueuse beauté le rôle incomparable assigné par la Providence à cette cité romaine, deux fois qualifiée par l'histoire de Ville éternelle, deux fois capitale, non pas d'un État, mais d'un monde. Puis, suivant le fil de sa déduction comme s'il n'entendait même pas le trouble qui se fait autour de lui, il s'élève à de hautes considérations sur les conditions nécessaires à l'indépendance de l'Église dont la pleine liberté de son chef était à ses yeux la seule garantie. Question toujours renaissante qui émeut si vivement toutes les consciences chrétiennes et que la courageuse résignation de Pie IX comme la sagesse consommée de Léon XIII maintiennent toujours présente à la pensée de tous les esprits réfléchis et politiques de l'Europe.

Il est aussi difficile que méritoire de bien comprendre les sentiments qu'on ne peut pas partager. On ne pouvait vous demander de vous associer à la vivacité, à la ferveur des opinions monarchiques qui respirent dans tous les écrits de M. de Falloux; mais vous leur avez rendu justice

quand vous affirmez qu'il ne croyait pas que la royauté
pût se faire accepter de la France sans se régler sur l'esprit du temps, et qu'il avait pour maxime que le passé,
par cela seul qu'il est le passé, ne suffit pas au présent.
M. de Falloux n'aurait pas exprimé sa pensée en meilleurs
termes. Mais vous nous avez raconté un trait de sa jeunesse qui a dû vous expliquer, comme à moi, comment il
était arrivé à se faire une idée si intelligente et si large du
rôle assigné à la royauté, dont il appelait le rétablissement
de ses vœux.

Avant de se mettre au travail pour écrire l'histoire de
Louis XVI, cette œuvre de jeunesse, où respire déjà toute
la beauté de son âme, il s'était imposé la tâche de lire
méthodiquement, la plume à la main, tous les mémoires
de l'histoire de France, depuis Villehardouin jusqu'à
Mirabeau. Et qu'avait-il dû voir dans cette patiente
étude? Quel spectacle lui avait présenté ce que vous ap-
pelez si bien le travail de la Monarchie à travers les
siècles! Une même institution et une même maison royale,
non seulement associée pendant huit cents ans, mais pré-
sidant à tous les développements civils, politiques et
sociaux d'une nation. Je ne m'étonne pas de l'impression
profonde que dut lui faire un pareil spectacle. Rien
n'était plus propre à frapper un esprit curieux et réfléchi
que ce rôle vraiment sans pareil de la royauté française, toujours prête, à toutes les époques, à s'accommo-
der de tous les changements, (ce n'est pas assez dire) à
s'approprier tous les progrès qui se font autour d'elle à
tel point qu'à chaque pas que fait notre patrie vers son
unité et vers sa grandeur, l'historien se demande si c'est

la royauté qui mène la France, ou la France qui fait sa
royauté à son image. Je n'ai pas de peine, en vérité, à me
représenter cette suite de tableaux et de portraits qui,
passant devant les yeux de M. de Falloux, durent ravir son
imagination juvénile.

Ceux qu'il rencontre d'abord, ce sont les premiers Capé-
tiens, chevaliers bardés de fer et seigneurs suzerains de
quelques principautés féodales; mais déjà au pied et à
l'abri des remparts de leur château se groupent d'humbles
corporations d'artisans, de modestes communes, de villes:
premier germe de ce tiers état qui sera un jour la nation
tout entière. L'instinct de la royauté lui fait tendre la main
à ces acteurs obscurs, ignorants eux-mêmes des grandeurs
de leur destinée future. Voilà déjà Philippe-Auguste à
Bouvines, confiant l'oriflamme royale aux milices commu-
nales de la ville de Paris. Puis voilà saint Louis et ses fils,
premiers justiciers de leur royaume, entourés de ces conseillers et de ces légistes qui, réunis en parlement, dote-
ront la France d'une magistrature indépendante et sauront
élever la loi au-dessus de la force et du privilège. Bientôt
c'est Charles VII conduit à Reims au pied des autels par
la main d'une fille du peuple. A la première aurore des
temps modernes, c'est François Ier entouré de toutes les
splendeurs de la Renaissance et donnant, par la fondation
du Collège de France, la parole à la liberté de la science;
c'est Henri IV inscrivant dans la loi les garanties de la
tolérance; c'est Louis XIV s'arrachant un instant à l'éclat
incomparable des lettres et des armes qui l'environne,
pour écouter Colbert, et imprimer avec lui l'essor à cette
richesse commerciale et industrielle qui doit changer la

face économique de la société tout entière. Enfin, c'est
Louis XVI, le héros préféré de M. de Falloux, qui, avant
de livrer lui-même sa tête aux bourreaux, a encore le
temps d'effacer du code la honte de la torture et de faire
cesser les derniers vestiges de la persécution religieuse.
Quelle histoire et quelle famille! quelle moisson de grands
hommes et de grands rois! quelle souplesse dans l'institution! quelle fécondité dans la race! Quand une branche
cesse de fleurir, une autre la remplace pleine d'une sève
rajeunie et renouvelée. C'est sous la vive impression, je
dirai presque sous la dictée, de ces souvenirs que M. de
Falloux s'était tracé à lui-même le modèle des relations
qu'il croyait possible, facile même, d'établir entre la
royauté de ses affections et la démocratie de nos jours. Il
ne lui demandait après tout d'avoir pour les droits et
les exigences de la génération présente que les égards
tant de fois témoignés aux vœux, plus timidement expri-
més, des générations passées. Vous dites que quelques
esprits étroits lui ont reproché d'être royaliste autrement
que le roi. Je ne sais qui s'est cru en droit de lui faire
ce reproche, mais je sais qu'il aurait répondu qu'il était
au moins royaliste comme la royauté française l'a été pendant huit siècles.

Vous aviez le désir, je n'en doute pas, de n'être pas
moins équitable en appréciant les actes de M. de Falloux
qu'on a pu croire plus particulièrement dictés par ses
convictions religieuses ; mais ici la suite des faits vous
amenait naturellement à traiter de la loi fameuse qui
porte son nom, qui demeure l'acte principal de sa vie,
et que personne ne s'attendait à vous voir approuver dans

son ensemble. Avant de motiver les critiques que vous aviez à faire, vous avez cru nécessaire de demander à l'Académie la permission de parler avec franchise en faisant la promesse de n'user de ce droit qu'avec réserve ; cette précaution était superflue, la franchise est toujours bien venue à l'Académie, et la réserve comme la politesse vous sont trop naturelles pour que personne pût craindre de vous y voir manquer. D'ailleurs on peut critiquer librement la loi de 1850 qui a cessé d'être. C'est plutôt moi, Monsieur, obligé pour vous suivre sur ce terrain de prendre la cause des morts et des vaincus, qui ai le droit de réclamer toutes les libertés de la défense.

J'en userai, si vous le voulez bien, pour contester l'opinion que vous paraissez vous être faite de l'état des esprits au moment où M. de Falloux présenta la loi de 1850. L'avantage très peu flatteur de mon âge peut donner sur ce point à mes souvenirs plus de précision qu'aux vôtres. Vous semblez croire qu'à ce moment, la liberté d'enseignement était accordée de plein gré par tout le monde, qu'on n'avait qu'à tendre la main pour la recevoir et que l'État qui, jusque-là, avait eu le monopole de l'instruction publique, était tout prêt à y renoncer. La liberté était offerte, dites-vous, mais c'est la domination qu'on voulait. Vous ne tenez vraiment pas assez de compte de la trace qu'avaient laissée les débats engagés, pendant les dix dernières années de la monarchie de 1830, débats éclatants et passionnés, dont la presse et la tribune avaient retenti et où les défenseurs officiels de l'enseignement de l'État n'avaient jamais mis la bonne grâce que vous leur prêtez à se laisser dépouiller de leur privilège. Vous avez pourtant rappelé plusieurs de ces discussions en y mêlant des noms dont le souvenir m'est bien cher. Eh bien! j'ai assisté, en effet, à l'une d'entre elles avec un intérêt filial : j'ai entendu le rapporteur de la Chambre des pairs exposer sur les droits réciproques de l'État et des citoyens en matière d'enseignement, ces maximes de droit public que vous rappelez et auxquelles il resterait à démontrer que la loi de 1850 ne s'est pas conformée; mais à peine cet exposé fini, j'ai vu aussi (comment l'oublierais-je? je crois le voir encore) le représentant le plus accrédité et le plus éloquent de l'enseignement de l'État, l'illustre Victor Cousin, se lever tout debout dans la fière attitude que beaucoup de ceux qui m'écoutent ont connue, pour proclamer que le prétendu droit à la liberté d'enseigner était une *chimère*, que l'enseignement était par essence un *pouvoir public conféré par la loi*, dont l'État pouvait peut-être partager gracieusement l'exercice, mais jamais se laisser contester le principe. Vous voyez que la discussion ne se maintenait pas, comme vous le pensez, dans des régions sereines et que tout le monde ne disait pas comme vous que ce que l'État fait, tout Français doit pouvoir le faire, s'il en est digne et capable.

Je sais bien que, depuis lors, la constitution de 1848 avait établi dans l'un de ses articles le principe de la liberté d'enseignement; mais comme la charte de 1830 en avait fait autant, et que l'exécution n'avait pas suivi la promesse — comme il y a d'ailleurs plus d'une manière d'éluder un principe en prétendant l'appliquer — on était excusable de ne pas placer une confiance absolue dans trois lignes écrites sur une feuille de papier qu'une pointe de sabre, vous le savez, ne devait pas tarder à déchirer.

Non, Monsieur, il faut rester dans la vérité : la liberté
d'enseignement en 1850 n'était pas une liberté offerte,
c'était une liberté conquise, conquise par les armes de la
justice, par les efforts éloquents des généreux amis de
M. de Falloux que vous avez nommés, les Montalembert, les
Ravignan, les Dupanloup, après une de ces luttes de la
parole qui sont l'honneur des pays libres. La conquête peut
avoir ses excès, mais elle a toujours ses exigences. Quand
on est entré péniblement en possession d'un bien longtemps
disputé, on est inquiet de le perdre et on cherche avec un
soin jaloux les moyens de le garder. Quand on a obtenu
de Henri IV, à Nantes, la promesse de la tolérance, on
demanda les Chambres de l'Édit et les places de sûreté pour
la garantir, et l'histoire prouve que même ces précautions
ne sont pas toujours suffisantes. Beaucoup des dispositions
de la loi de 1850 que vous critiquez ont eu ce caractère
défensif et n'ont malheureusement pas été plus efficaces.

J'ajouterai que pour faire cette conquête, qu'ils n'auraient peut-être jamais obtenue à eux tout seuls, les défenseurs de la liberté d'enseignement avaient eu besoin de
chercher hors de leurs rangs des auxiliaires, et qu'ils en
avaient trouvé même de très imprévus. Ceux-là, j'en con-
viens, n'apportaient pas leur concours et même leur col-
laboration à la loi nouvelle par un amour pur et pleinement
désintéressé pour la liberté, car ils l'avaient combattue
jusqu'à la veille encore avec une extrême ardeur et la com-
motion de 1848 ne les avait qu'à moitié convertis ; mais ils
venaient offrir d'accorder cette liberté, non pas à tous les
Français, comme vous, Monsieur, — non, — à l'Église catho-
lique seulement et à ses ministres pour obtenir d'elle en

récompense son appui contre des théories subversives que
la révolution récente avait fait éclore et dont ils voulaient
préserver l'enseignement populaire. Et dans cet échange,
dans cette concentration des forces, pour parler le langage
d'aujourd'hui, qu'ils avaient hâte d'opérer afin de tenir tête
à l'esprit révolutionnaire, ils ne se montraient pas difficiles
sur les conditions du contrat. Ils proposaient, par exemple,
de livrer d'un seul coup toute l'instruction primaire aux
congrégations religieuses. Vous rappelez que cette proposition fut faite dans la commission où M. de Falloux, pour
préparer sa loi, avait eu l'art de réunir et de faire vivre en
paix les vieilles troupes de la cause qui lui était chère et ses
nouvelles recrues, et que les procès-verbaux de cette petite
assemblée en font foi. C'est très exact, mais vous ne nous
dites pas de qui partit la proposition et cependant les
mêmes procès-verbaux le nomment, et c'est un nom qu'il
n'est pas permis d'oublier. Ce fut M. Thiers, vous le
savez bien (pourquoi me forcez-vous à le dire?), qui en
prit l'initiative dans des termes pleins d'une vivacité charmante, comme ceux dont il savait habituellement revêtir sa
pensée. « Ah! s'écriait-il, si l'école devait toujours être
tenue, comme autrefois, par le curé et son sacristain, je
serais loin de m'opposer au développement des écoles pour
les enfants du peuple! » Des témoins très dignes de foi (car
ce sont ceux qui tenaient la plume) m'ont souvent raconté
que le procès-verbal (genre de document réservé de sa
nature et qui n'a pas le mot pour rire) n'a même pas osé
aller jusqu'au bout de cette piquante saillie et que parmi
les maîtres, objets de ses préférences et de ses regrets,
M. Thiers ajoutait au curé et à son sacristain, même le son-

neur de cloches, fût-il un peu ivrogne. C'était une plaisan-
terie à coup sûr, mais M. de Falloux qui était homme à
l'entendre n'y est pourtant jamais entré, et je ne la rap-
porte que pour faire voir que, s'il eût en effet, comme vous
le dites, à réprimer quelques excès de zèle, ce fut de la
part de ses alliés, non de celle de ses amis.

Je n'ai pas l'intention, vous le comprenez, de m'engager
à votre suite dans la discussion des détails de la loi de 1850.
Je ne suis pas assez sûr de le faire d'une main aussi légère
que la vôtre pour imposer au brillant auditoire qui m'écoute
l'aridité et l'ennui d'un examen rétrospectif de ce genre.
Je me garderais même de discuter et surtout de justifier
les mesures de rigueur prises à ce moment contre des maîtres objets de l'admiration de votre jeunesse, si, dans
l'émotion que ce souvenir vous cause encore après tant
d'années, vous n'aviez négligé de faire une distinction
pourtant essentielle. Vous n'avez pas fait la différence de
la loi de 1850 elle-même, et de l'application qu'elle reçut
comme des modifications graves qu'elle subit après le coup
d'État du 2 décembre, par suite d'une réaction politique à
laquelle M. de Falloux ni aucun de ses amis ne se sont
jamais associés. C'est alors surtout, il eût peut-être été bon
de s'en souvenir, que le silence fut imposé à des voix éloquentes, et que l'Université, dont les membres se trouvè-
rent privés, par un décret, de toutes les garanties que la
loi leur assurait, resta livrée au bon plaisir ministériel.
Je ne mentionne ce point qu'en passant, afin que chacun
soit traité suivant ses œuvres. D'ailleurs, même avec cette
réserve, peut-être ferions-nous mieux, dans les jours agités
où nous vivons, d'être sobres de récriminations de ce genre.

Au milieu des vicissitudes politiques qui font si rapidement passer sous nos yeux le pouvoir de main en main, quel est celui de nous qui n'ait vu, malgré les droits acquis et les garanties légales, frapper des têtes vénérées, blanchies au service de la France et briser la carrière d'hommes éminents dont le seul tort était de déplaire à une opinion dominante? Et si aucune époque n'est exempte de péché à cet égard, ce n'est plus qu'affaire de comparaison et il n'est pas sûr que 1850 ne la soutienne pas mieux que d'autres dates.

Laissons donc de côté ces orages qu'apportent et qu'emportent tour à tour les souffles mobiles de la politique : quand une loi a duré et subi l'épreuve du temps et de l'application, c'est par ses effets généraux qu'il la faut juger, non par les incidents du début : la loi de 1850 a été pendant près de trente ans la charte de l'instruction publique en France. Elle a naturalisé la liberté d'enseignement dans les lois comme dans les mœurs, à ce point qu'on peut bien encore l'attaquer indirectement, la traiter en suspecte et en ennemie, lui disputer l'air et le jour : on ne nous propose plus d'en supprimer le principe. Grand service rendu aux droits et à la dignité du citoyen et que vous devez apprécier, Monsieur, puisque ce principe est le vôtre. Mais l'Université, qui vous est justement chère, en a-t-elle souffert autant que vous le dites? Si votre tableau n'était pas chargé de couleurs un peu noires, il nous faudrait donc croire que, pendant plus d'un quart de siècle, ce grand corps a été soumis à un joug pesant, livré sans défense à une concurrence organisée pour le détruire, privé par le découragement de ses maîtres de l'éclat de son enseigne-

ment, découronné et déchu. De bonne foi, est-ce donc là
ce qui est advenu? J'hésite à le penser en présence de tant
d'illustres confrères qui m'écoutent, qui ont grandi au sein
de l'Université même, pendant cette période, pour s'élever
de degré en degré à la renommée dont ils jouissent, sans
que le public ait cessé un instant de se presser autour de
leurs chaires? Je le crois encore moins quand je songe
aux pas rapides et aux succès mérités qui vous ont élevé
vous-même, avant que la loi de 1850 eût disparu, au
poste élevé où l'Académie vient d'aller vous chercher.
Avez-vous donc vu tant d'abaissement autour de vous à
chacune des étapes de votre brillante carrière? Pour nous,
simples spectateurs ou pères de famille, qui n'avions pas
cessé de confier nos enfants à l'Université, elle s'est toujours montrée à nos yeux telle que vous venez de la
dépeindre, milice laborieuse et modeste, entourée de
l'estime publique, parce qu'elle est vouée au culte de ces
hautes études qui maintiennent dans l'âme de la patrie
l'amour du vrai et du beau et auxquelles j'espère que
vous n'allez pas laisser porter trop d'atteinte par la multiplicité et la mobilité de programmes. Nous n'avons vu
avec d'autres époques qu'une seule différence : c'est qu'elle
n'était plus calomniée. Heureux effet de la liberté ! Dé-
chargée du pouvoir exclusif et excessif dont elle était
investie, elle a cessé d'être le point de mire d'injustes
attaques. Non, elle n'avait rien à envier ou à regretter,
quand M. Nisard dirigeait son école normale, et que Jean-
Baptiste Dumas présidait les conseils supérieurs d'instruction publique : et puisque vous avez parlé de ces conseils, vous me persuaderez difficilement que l'Université

fut humiliée parce que ses chefs y siégeaient non pas en
tutelle, mais en compagnie des premiers dignitaires de l'État,
de ceux qui s'étaient placés par leur mérite à la tête de
toutes les carrières et qui venaient apporter à l'éducation
de la jeunesse le concours de leur expérience de la vie
et de leur sens pratique, nécessaire peut-être pour tem-
pérer ce qu'il y a parfois d'étroit et d'abstrait dans la
pédagogie professionnelle.

Et quant aux anciens adversaires de l'Université, aux
défenseurs victorieux de la liberté d'enseignement, il en
est que j'ai connu familièrement, et j'affirme que chez eux
aussi l'effet pacificateur de la liberté s'était fait sentir et
qu'ils ne songeaient nullement à supprimer une concurrence qu'ils ne redoutaient pas. C'était par exemple un
étrange prétendant à une domination cléricale que ce grand
Père Lacordaire qui, après la proclamation de l'Empire,
trouva Notre-Dame trop proche des Tuileries, et sa voix
trop retentissante dans le silence de la tribune et de la
presse, et se réfugia dans la retraite de Sorrèze pour y
élever sous l'œil de Dieu, en face d'une magnifique nature,
une jeunesse chrétienne dans l'amour du droit et de la liberté. C'est là, vous le savez, que l'Académie l'alla prendre
pour le faire recevoir dans ses rangs par un homme d'État
protestant, et entendre de sa bouche l'éloge de la liberté
américaine. Quand il mourut, qui est-ce qui, au nom de
l'Académie, lui rendit un complet hommage? Une des plus
pures gloires du corps universitaire : Saint-Marc Girardin.
Que nous étions donc loin à cette époque de récriminer
contre la loi de 1850! Enfin, il est tout naturel que vous
ne sachiez pas, mais il m'est permis de rappeler que quand

le très indigne successeur que l'Académie avait donné au
Père Lacordaire racontant sa vie, à la place même où vous
êtes, dut le féliciter d'avoir rouvert l'accès de l'enseignement aux grands ordres monastiques qui en avaient été
autrefois l'honneur, il déclarait hautement ne voir dans
cette résurrection que le germe et la promesse d'une liberté d'association de droit commun, accordée à tous les
citoyens sans distinction de culte et de profession. Voilà
comment sous les yeux, et à côté de M. de Falloux, on com-
mentait l'un des articles les plus critiqués de la loi de 1850.

Ce langage, pourrait-on le tenir aujourd'hui? Aurait-il
chance d'être écouté? Et le Père Lacordaire, si Dieu n'a-
vait pas abrégé ses jours, aurait-il pu les finir en paix dans
sa chère solitude de Sorrèze? N'aurait-il pas dû s'en ban-
nir lui-même, si mieux il n'eût aimé en être enlevé par la
force? Et cette liberté d'association nous est-elle donnée?
nous est-elle même promise? Ceux qui en parlent encore
ne nous avertissent-ils pas d'avance que le bienfait en sera
refusé à toutes les sociétés religieuses, même à celles qui
se consacrent au service des pauvres et des mourants?
Ah! Monsieur, est-ce donc en 1850 que vous avez vu des
hommes de parti ne demander la liberté que pour exercer
la domination?

Encore un mot, car il en est un, dans la critique si pleine
d'égards que vous avez faite de l'œuvre de M. de Falloux,
que je dois arrêter au passage, parce que je sais l'impression pénible qu'il en aurait ressentie; c'est celui par lequel vous indiquez plutôt que vous ne dites que la loi de
1850, en mettant en concurrence deux sortes d'établissements d'éducation animés d'esprit différent, a couru le

risque d'établir un antagonisme de partis dans les jeunes générations, de diviser ainsi la société en deux camps, et compromis, comme on l'a dit souvent, l'unité nationale. Aucun des reproches qui lui furent adressés n'a été plus sensible à M. de Falloux, et lui, si indifférent à la calomnie, je l'ai vu tressaillir à la moindre insinuation de ce genre comme s'il avait été touché tout près du cœur ; car il professait pour l'unité nationale de la France, cette œuvre de la royauté, un dévouement qui, surtout depuis le déchirement qu'avait souffert la robe sans couture, était devenu un véritable culte douloureux autant que passionné.

Il a consacré à relever cette imputation un de ses derniers écrits intitulé : *Unité nationale*, dont vous n'avez pu, j'en suis sûr, vous défendre d'admirer comme moi l'émotion et l'éloquence. Il y établit, avec tous les exemples de l'histoire, que rien ne sert moins, rien ne compromet au contraire, autant l'unité d'une nation que la prétention d'imposer aux enfants, malgré la famille et les pères, une uniformité mécanique de sentiments et d'habitudes, et que jamais la patrie n'est plus sûre d'être aimée que quand elle sait respecter, dès le premier âge, la liberté des cœurs et surtout celle des consciences. Il n'y a point, suivant lui, de crime de lèse-nation pareil à celui de mettre un jour, un seul jour, en lutte les deux sentiments les plus élevés de l'âme humaine : le patriotisme et la foi.

Tel est le langage que tenait M. de Falloux ; mais, à mon sens, il prenait trop de soin, et les faits s'étaient chargés de sa défense par une réponse anticipée, plus décisive qu'aucune de celle qu'il aurait pu faire. Vingt années, n'est-ce pas justement le temps nécessaire pour élever une

génération nouvelle et faire ainsi le premier essai des effets
d'un système d'éducation? Eh bien! le vingtième anniversaire de la loi de 1850, à quelle épreuve n'a-t-il pas mis la
jeunesse formée et enseignée sous le régime de la liberté?
Quand le tocsin d'alarme a retenti, ces adolescents encore
imberbes qui sortaient, les uns des lycées de l'État, les
autres des nouvelles institutions, ont-ils été moins pressés
les uns que les autres de répondre à cet appel? Et en venant se ranger du même pas sous le même drapeau, ont-ils
laissé voir entre eux la moindre dissidence, ou même le
souvenir d'une méfiance mutuelle? La France, dans des
jours de péril pareil, n'avait pas toujours donné le même
spectacle. Au siècle dernier, dans les armées qu'Eugène et
Marlborough amenaient sur notre sol, servait plus d'un sujet de Louis XIV banni par la révocation de l'édit de
Nantes ; et plus tard, combien l'absurde despotisme de la
constitution civile du clergé a-t-il envoyé de recrues à
l'émigration? Rien de semblable n'est venu affliger la France
de 1870 : et dans une suprême douleur, elle a eu du moins
la suprême consolation qu'elle n'a pas eu, entre les Français, de distinction à faire. On rappelait l'autre jour, à la
place où je parle, que dans le vestibule de l'École normale
on lit cette inscription : « Georges Lemoine mort pour la
patrie. » Je sais tel établissement tout voisin où l'on trouve-
rait plus d'une inscription pareille, et peut-être à côté du
jeune Lemoine, y avait-il, sur le champ de bataille de
Champigny au jour du combat, quelque élève des Domi-
nicains ou des Jésuites (pourquoi ne dirais-je pas leurs
noms?) exposé aux mêmes balles, pour elle frappé du
même coup, et avant le dernier battement le cœur des

jeunes braves palpitait à l'unisson. Combattre et mourir ensemble, que voulez-vous de plus? N'est-ce pas l'unité nationale? Viennent donc, ou plutôt, ne viennent jamais de pareilles épreuves! De nouveaux systèmes d'éducation pourraient, je l'espère, faire aussi bien, je défie de dire qu'ils feraient mieux.

Vous pardonnerez, Monsieur, à l'amitié fidèle et à la conviction profonde qui m'ont fait tarder trop longtemps à remplir le devoir facile, autant qu'agréable, qui m'est dévolu de vous souhaiter la bienvenue, au nom de l'Académie. Vous avez donné de l'appel que nous vous avons adressé pour prendre rang parmi nous une explication que personne n'admettra. Vous avez paru croire que nous avions voulu seulement honorer en vous la science de l'éducation à laquelle vos travaux et votre vie ont été particulièrement consacrés. C'est pousser vraiment trop loin l'oubli de soi-même. Ce n'est pas un choix si abstrait que nous avons fait en votre personne. Dès l'apparition de votre premier essai littéraire, l'Académie vous avait salué. En couronnant il y a vingt ans votre ouvrage sur la morale de Plutarque, un juge souverain y avait reconnu (ce sont les expressions de M. Villemain lui-même) « une lecture « hautement morale, écrite avec goût, non sans éloquence, « abondante en leçons ingénieuses et une étude de philo- « sophie qui était en même temps un excellent morceau « d'histoire. » C'était prédire que l'accès de l'Académie vous serait ouvert un jour, quelle que fût la porte que vous choisissiez pour y entrer.

Mais voici, si je ne me trompe, ce qu'il peut y avoir de vrai dans votre pensée : les lettres, ce noble emploi de l'intelligence, peuvent être envisagées sous deux aspects, ou comme un but, ou comme un moyen. Leur culte désintéressé élève assez l'âme pour avoir le droit d'occuper toute une vie : mais on peut les faire servir aussi d'instrument pour la défense et le progrès d'une bonne cause. C'est ce qu'avait fait M. de Falloux, en dépensant, dans une lutte constante pour ses convictions, tous les dons qu'il tenait de la nature et qu'une fine culture avait perfectionnés. C'est ce que vous avez fait aussi, Monsieur, en appelant tout votre talent à votre aide pour tirer de la profession active que vous aviez embrassée, toutes les lumières de nature à nous éclairer sur les problèmes les plus délicats qui touchent à l'éducation de la jeunesse. Vous pouviez, en vous consacrant à élever quelque monument d'histoire et de philosophie, ne songer qu'à assurer votre réputation dans l'avenir, vous avez préféré servir cet avenir même en préparant à la France des générations dignes d'elle.

Et voyez comme le désintéressement est souvent récompensé en ce monde. En limitant ainsi vos efforts sur un terrain qui pouvait paraître ingrat ou promptement épuisé, vous avez créé, sans le vouloir, pour le grand honneur de votre nom, ce que j'appellerai proprement un nouveau genre littéraire. Des écrits qui, par leur destination première, n'auraient dû être que des documents administratifs ont été par vous amenés à toute la distinction d'une œuvre d'art. La plupart des travaux que vous venez de réunir dans les quatre volumes intitulés : *Éducation et instruction*, ont eu pour but, à l'origine, je crois, de présenter le tableau des résultats obtenus et de discuter les questions soulevées dans les deux grands départements de l'instruction publique dont vous avez eu la gestion. Ce n'en sont pas moins d'excellents morceaux de littérature. Non qu'on y rencontre rien qui ressemble au ton d'emphase déclamatoire qui nous fait souvent sourire dans les rapports de nos premières assemblées révolutionnaires; non que vous vous soyez attardé à parer, à farder, pour ainsi dire, par des ornements déplacés la gravité du sujet que vous aviez à traiter. Non, la note est toujours parfaitement juste : c'est l'homme d'affaires qui va à son but et n'a pas de temps à perdre à faire de l'esprit. Mais du sujet lui-même, consciencieusement interrogé, vous faites sortir sans effort toutes sortes de leçons ingénieuses qui viennent se placer naturellement sous votre plume. Vous excellez dans l'art de pénétrer la nature morale de l'enfance, d'interroger le regard, le sourire de ces petits êtres qui en savent souvent plus qu'ils n'en disent, et en aperçoivent toujours confusément plus qu'ils n'en savent. Puis, quand avec la croissance arrive l'âge des passions, rien de plus juste et d'une moralité plus saine que les leçons données par vous aux maîtres pour leur apprendre à faire tourner au profit des sentiments généreux et de la recherche d'un noble idéal ce qui fermente dans les bouillonnements de l'adolescence. Il y a telles pages (je citerai, en particulier, celles que vous avez appelées l'esprit de discipline dans l'*Éducation*) que vous avez assurément bien fait de tirer des dossiers d'un ministère pour nous permettre de les placer dans les rayons de nos bibliothèques réservés à cette catégorie des vrais moralistes qui est une des plus riches de la littérature française.

Si heureux que fussent pourtant les développements

habilement tirés des programmes administratifs que vous aviez à remplir, vous ne pouviez y épancher tout le trésor d'observations que la pratique et l'étude vous avaient permis de recueillir. Pour ne rien perdre et nous faire profiter de tout, ce qui ne pouvait réellement trouver place dans des rapports, vous l'avez recueilli sous la forme d'un agréable volume intitulé : *l'Éducation des femmes par les femmes,* où il est question de bien autre chose encore que de l'instruction de nos filles et des qualités de leurs mères. Toutes les femmes qui se sont occupées d'éducation depuis deux siècles, Mme de Maintenon, Mme de Lambert, Mme d'Épinay, Mme Roland, passent devant nos yeux, formant une galerie d'images vivement colorées que n'aurait pas désavouées le grand maître des portraits moraux et littéraires, le Sainte-Beuve des *Lundis.* Vous établissez ensuite entre ces belles institutrices une comparaison plus amusante, je pense, que la plupart des concours féminins que vous avez eu plus d'une fois à présider. On vous suit avec un plaisir infini dans cet examen, moi surtout, qui donne les prix absolument comme vous et dont toutes les préférences sont les vôtres.

Vous divisez toutes les femmes qui ont fait part au public de leur manière d'élever leurs enfants, en deux catégories : celles qui suivent les leçons de Fénelon dans son fameux traité de *l'Éducation des filles,* et celles qui, sur les pas de Rousseau et de l'*Émile,* se sont engagées dans des voies nouvelles, et vous donnez, sans contestation, et avec pleine raison suivant moi, l'avantage aux élèves de Fénelon sur celles de Rousseau. Dans le nombre de celles qui ont pris Rousseau pour guide, il en est une que vous y rangez

peut-être un peu arbitrairement. C'est sa compatriote,
Mme Necker. Mais comme c'est pour lui faire complètement
grâce, ce n'est pas moi qui vous le reprocherai.

J'adhère donc sans réserve à tous vos jugements. Serons-
nous également d'accord (je voudrais l'espérer) quand je
dirai, sans détour, quel est à mes yeux le motif de cette
prédilection qui nous est commune? Ce qui fait, suivant
moi, la supériorité si bien reconnue par vous aux mères
dont Fénelon est le maître, ce n'est pas seulement l'excel-
lence des conseils qu'elles ont cherchés à son école, mais
c'est surtout qu'à son exemple, elles demandent leur force
et leur lumière à une autorité plus haute que celle d'aucun
docteur; c'est que, pour elles, la religion est la base première de l'éducation, et le sentiment religieux le feu qui
doit animer, comme le frein qui règle, le développement
de la jeunesse. Là, où Rousseau, au contraire, est l'oracle,
la religion est absente : Rousseau ne veut pas qu'on en
parle, vous le savez, avant la dix-huitième année. L'amour
maternel, abandonné alors à ses propres inspirations,
s'égare dans une sensibilité vague : c'est le cas de Mme d'Épinay; ou bien c'est, comme chez Mme Roland, la confiance
dans une vertu stoïque qui, bientôt trahie par la fragilité
humaine, ne fait que préparer des chutes plus profondes :
le roseau brisé blesse la main qui y a cherché un appui
trompeur.

Il semble qu'il ne devrait pas y avoir de difficulté entre
nous, à l'égard de Fénelon, car il ne peut passer par
l'esprit de personne de contester que le prélat chrétien
ait fait de la religion le fondement même de l'éducation.
Seulement vous ajoutez que Fénelon donne à l'influence

religieuse, tout en l'appelant à son aide, un caractère
plutôt philosophique. C'est ce que j'aurai peine à vous
accorder. Sans doute, la religion de Fénelon est toujours
éclairée, et il n'en parle même pas toujours dans le traité
de l'*Éducation des filles*, parce qu'il était tellement reçu
de son temps que le catéchisme était la première des leçons
à donner à l'enfance, qu'il lui paraît superflu d'y insister.
Mais dès qu'il en parle, c'est en docteur chrétien, qui fait
appel à la grâce plus qu'à la raison et dans des termes
dont la touche délicate qui n'appartient qu'à lui peut
seule relever et ennoblir la simplicité : « Apprenez à vos
filles, dit-il quelque part aux mères, qu'il faut que Dieu
les porte, comme une nourrice porte son enfant. » Trou-
vez-vous que cette expression soit celle d'une religion
d'un caractère philosophique? Il y a, je le sais, ou plutôt,
il y avait au siècle dernier, un Fénelon de convention,
philosophe et même philanthrope, à la mode de l'Ency-
clopédie, non pas doux, mais doucereux, non pas tolérant
et charitable pour toutes les excuses de l'erreur, mais
indifférent à la vérité. Mais ce Fénelon-là, on n'en parle
plus : il faut le laisser à la froide tragédie de La Harpe où
personne ne va plus le chercher : ce n'est pas le Fénelon
de l'histoire, ni celui que vous-même nous avez dépeint.

J'aurai une observation du même genre à faire sur le
jugement que vous portez de Mme de Maintenon et l'appré-
ciation que vous faites de la manière dont elle entendait
et appliquait l'influence religieuse dans son célèbre établissement de Saint-Cyr. Ne venez-vous pas de nous dire
tout à l'heure, en nommant l'incomparable amie de M. de
Falloux, cette femme supérieure, dont aucun de ceux qui

l'ont connue, ne peut parler sans affection et sans respect,
que le grand sens de Mme de Maintenon aurait été embar-
rassé par le raffinement de spiritualité de Mme Swetchine?
Mais, pardon, Monsieur, il me semble que Mme de Maintenon n'a été ni si éloignée que vous dites des raffine-
ments de la spiritualité, ni si vite avertie de leur péril,
puisqu'elle a laissé régner deux années entières la doctrine
de Mme Guyon à Saint-Cyr et n'a été mise en garde que
par les censures de l'Église, auxquelles la piété de
Mme Swetchine n'a jamais été exposée? Elle non plus ne
cherchait donc pas à donner à sa religion un caractère
philosophique, et il faut renoncer à attribuer la supériorité que vous lui reconnaissez, aussi bien que celle de
Fénelon, à telle ou telle nuance de leurs convictions;
ni l'un ni l'autre n'y auraient d'ailleurs consenti, pas plus
que M. de Falloux n'aurait laissé dire qu'il eût la prétention de réformer ou de commenter, de son chef, la constitution et les doctrines de l'Église. Quand des écrivains
catholiques parlent de religion, c'est de la religion telle
qu'elle est tout simplement.

Je m'arrête, car je touche ici, sans le vouloir, à celle de
toutes les questions relatives à l'éducation de la jeunesse qui
a, dans ces derniers temps, le plus vivement préoccupé
l'esprit public, et que je n'aurais ni le droit ni le loisir
d'approfondir ici. Quelle part faire à la religion dans
l'éducation, quel rôle assigner au sentiment, et par là
même aux enseignements religieux? Sur les graves problèmes que ces enseignements soulèvent, que penser de
l'abstention, ou, comme on dit, de la neutralité du maître?
Les uns disent, vous savez, qu'elle est obligatoire, d'autres

répondent qu'elle n'est pas possible, et aucun point n'est
plus vivement débattu, aucune controverse n'alimente de
plus d'ardeur nos polémiques contemporaines. Le sujet
n'est pourtant même abordé nulle part dans cette collec-
tion de traités auxquels je rendais tout à l'heure un juste
hommage. Je ne vous cacherai pas que quelques-uns de vos
lecteurs, en ouvrant le livre, tout assourdis encore du bruit
qui se faisait autour d'eux, ont été surpris et un peu désap-
pointés de ce silence. Il leur a semblé qu'ils ne trouvaient
pas ce que justement ils venaient chercher. Je n'ai pas
partagé leur étonnement. Cette suite d'écrits, par leur
destination même, ne devaient être que le commentaire et
l'application de lois dont vous n'aviez pas à discuter le
principe, puisqu'il avait été posé et accepté ailleurs : la
réserve vous était commandée, et il y a quelque mérite à
avoir su vous y renfermer.

Mais vous n'êtes pas seulement, Monsieur, le représentant d'une haute autorité officielle : vous êtes aussi un mo-
raliste consommé, et, après toute une vie vouée à l'étude
de la jeunesse, vous aurez la légitime ambition de tracer
vous-même, en votre nom, après Fénelon et après Rousseau, un système complet d'éducation, destiné à l'usage et
conçu dans l'esprit des générations modernes. Vous ne
voudrez pas laisser votre œuvre imparfaite, et le jour où
vous songerez à l'achever, vous savez, comme moi, non pas
seulement à quels doutes d'esprits curieux, mais au trouble
de quelles consciences alarmées, vous aurez à répondre.
Ils sont nombreux, en effet, dans notre France si ancien-
nement chrétienne, ceux qui pensent ce que disait l'illustre
M. Guizot, en présentant sa grande loi d'instruction pri-

maire : que partout où l'enseignement a « prospéré,
« une pensée religieuse a été unie dans ceux qui la ré-
« pandaient au goût des lumières et de l'instruction »,
et qui ne voient pas sans inquiétude cette pensée pâlir
et disparaître à tous les degrés de l'instruction publique
de notre pays. Ceux-là vous demanderont, n'en doutez
pas, si le regard scrutateur si intelligent que vous avez
porté sur le fond intime des jeunes âmes ne vous a pas
appris que les enseignements religieux, bien que les plus
élevés de tous, sont ceux pourtant qu'elles acceptent le
plus aisément, que c'est sous cette forme que la vérité
et la vertu leur deviennent le plus doucement familières,
et si vous ne pensez pas que c'est aux instituteurs de
tous les âges qu'a été adressée cette suave parole tombée
autrefois des lèvres divines : « Laissez venir à moi les
« petits enfants. » Ils voudront savoir si pour donner courage à ceux qui entrent dans la vie, contre les épreuves
qui les attendent, on peut — oui ou non — se passer même
de leur indiquer quel est le but de cette courte existence ;
s'il faut limiter leurs vœux et leurs efforts aux bornes de
l'horizon terrestre, ou leur apprendre à porter leurs
regards au delà ! Enfin, c'est eux qui vous diront que, mis
en face d'un fait sans pareil comme l'avènement du christianisme qui a tout changé dans le monde, mœurs, lois,
idées, relations des hommes et des peuples entre eux, ils
n'ont jamais réussi à comprendre comment on pourrait,
je ne dis pas en donner l'intelligence, mais même en faire
le récit sans commencer par expliquer ce qu'on en pense.

Et laissez-moi vous dire aussi que, pour répondre à
ces interrogations pressantes, il ne suffira pas absolument

de leur rappeler, comme vous venez de le faire tout à
l'heure, dans un noble langage, que l'enseignement public
sera toujours, comme l'est celui de l'Université, puisé aux
sources les plus hautes et nourri dans les doctrines de
Platon, d'Aristote, de Descartes, de Leibniz. Platon, Aristote, Descartes, Leibniz, en voilà beaucoup, Monsieur,
jamais trop pour des esprits déjà mûrs, avides de connaître et capables de choisir; mais plus qu'il n'en faut,
peut-être, pour la simplicité de l'enfance et pour lui donner cette impulsion vers le bien, dont la puissance, comme
celle de toutes les forces morales et matérielles, dépend
essentiellement de l'unité de la direction.

Me permettrez-vous la plus indiscrète des suppositions
et peut-être la moins fondée? Il me semble parfois que
vous devez trouver vous-même un peu compliquée la tâche
que vous assignez aux instituteurs d'aujourd'hui, en leur
demandant de concilier des doctrines si diverses, surtout
quand vous la comparez à la voie plus facile qu'aurait
indiquée à ceux de son temps votre prédécesseur Rollin.
Alors ne vous est-il jamais arrivé de dire tout bas ce que
Corneille met dans la bouche du magistrat romain, oppo-
sant l'unité du culte chrétien à la multiplicité brillante des
dieux de Virgile et d'Homère :

> Et si je dois ici dire ce qu'il m'en semble,
> Des nôtres bien souvent s'accordent mal ensemble.
> Nous en avons beaucoup pour être de vrais dieux.

Vous ne vous offenserez pas de ce souvenir ; car vous
savez que, dans cette incomparable tragédie, le sage Sévère
dispute au généreux Polyeucte la prédilection du poète.

Et puis cet abri d'un spiritualisme élevé que vous offrez

à l'enseignement public pour reposer en quelque sorte sa tête, au milieu du conflit orageux que livrent autour de nous les vents de toute doctrine, l'y laissera-t-on longtemps en paix? Vous savez que l'asile n'est déjà plus respecté : au nom du principe une première fois faussé et forcé suivant moi de la liberté de conscience, on conteste à l'État le droit de faire enseigner aussi bien une philosophie quelconque qu'une religion, et l'existence de Dieu, la vie future, toutes les croyances chères aux âmes généreuses rejoignent dans la même proscription les dogmes révélés. La croyance à l'auteur de la nature, comme on disait encore naguère, n'est pas traitée moins dédaigneusement que la foi au surnaturel. Philosophes et chrétiens sont désormais mis en interdit de la même manière, et n'ont plus rien à se reprocher les uns aux autres. Puis là-dessus on s'en va gravement effacer le nom de Dieu avec aussi peu de respect pour la rime que pour la raison, non seulement des vers de Racine, mais des fables de La Fontaine, et qui sait? peut-être aussi des chansons de Béranger si on en vient (car il ne faut désespérer de rien) à en faire des livres scolaires? Vous souriez, Monsieur, de ces puérilités au nom du bon sens et du bon goût. Mais le bon sens, le bon goût, la bonne grâce qui n'auront jamais de meilleurs interprètes que vous, quand ont-ils suffi pour contenir des passions déchaînées et arrêter les conséquences logiques d'un raisonnement? Comment s'étonner qu'on ne veuille plus laisser le nom de Dieu nulle part quand les voix les plus éloquentes et les moins suspectes n'ont pu réussir à lui maintenir même une place dans la loi? Vous connaissez comme moi ce passage de la *Divine*

Comédie, où le Dante met en présence le roi des régions infernales disputant avec un condamné qui veut lui prouver son innocence. « Ah! dit l'ange malin, ne raisonne pas avec moi, car tu sais que je suis logicien. » Jamais n'a été exprimé par un plus piquant emblème avec quelle tyrannie certaines idées, une fois admises, exercent jusqu'au bout, sans pitié, leur irrésistible empire.

J'ai cru, Monsieur, rendre hommage au caractère élevé dont vos écrits font foi en exprimant aussi librement sur quoi peuvent porter nos dissidences. Cette liberté même vous donne l'idée de la franchise affectueuse qui règne dans toutes les relations de la compagnie, heureuse aujourd'hui de vous recevoir. J'ai entendu raconter (je ne sais si l'anecdote est véritable) qu'au temps du premier Empire, Napoléon, recevant un jour un des fades littérateurs de cette époque qui, pour lui complaire, passait la mesure décente de la flatterie, fut saisi lui-même, devant ce spectacle de la servitude, du dégoût que Tacite a si bien peint chez les Césars de Rome, et dit en souriant à cet adulateur empressé : « Ah! laissez-nous au moins la république des lettres. »

Entrez, Monsieur, dans une des cités principales de cette république dont le nom ne vous effraye pas. Elle n'exclut personne : elle est quelquefois, hélas! victime de la proscription, elle ne l'exerce jamais. Venez occuper dans cette société ouverte à tous les esprits généreux la place qui vous a été justement réservée.

Paris. — Typ. Firmin-Didot et Cⁱᵉ impr. de l'Institut, rue Jacob, 56. — 21837.